U0541513

同志与情人

罗莎·卢森堡致莱奥·姚吉切斯书信

〔德〕罗莎·卢森堡 著
杨德友 译

商务印书馆
The Commercial Press

Rosa Luxemburg

Comrade and Lover: Rosa Luxemburg's Letters to Leo Jogiches

涵芬楼文化 出品

目 录

编者的话 埃尔什别塔·埃亭格尔 /1
序 言 埃尔什别塔·埃亭格尔 /1

书 信 /1

结识初年：1893—1897 /3
试探：1898—1900 /33
团聚：1900—1906 /143
直至伤逝：1907—1914 /213

尾 声 /253
附件1 历史注解 /257
附件2 书信记录 /259
译后记 杨德友 /265
附 录 纪念杨德友先生 林贤治 /269

编者的话

埃尔什别塔·埃亭格尔

罗莎·卢森堡给自己的情人和同志莱奥·姚吉切斯写了大约一千封信。这些书信以波兰语原文三卷本发表(罗莎·卢森堡,《致莱奥·姚吉切斯-提什卡书信,1893—1914》,华沙:图书与知识出版社,1968—1971),菲利克斯·提赫教授做了专业的编辑和注解。后来,提赫教授又发现了另外的几封信,并且在1976年发表,其中的两封收入本选集。

卢森堡是一位多产的书信作者。她和很多人保持通信:在华沙的父母亲、三个哥哥、一个姐姐、朋友和同志、全欧洲的社会主义者。她写的信几乎全部可以看到,其中许多已经译成英文。但是,本书是她给姚吉切斯书信的第一个英文译本。

在编辑这本书的时候,我有几种选择方案:发表全部书信;选择关于卢森堡与社会主义国际、波兰王国和立陶宛社会民主党(SDKPiL)、波兰社会党(PPS)、德国社会民主党(SPD)的关系的书信;或者,专注于她和姚吉切斯的个人关系。虽然前二者会提供丰富的资料,给予研究欧洲的,尤其是波兰、俄国和德国的社会主义运动的学者以丰富的资料,但是依然会使得卢森堡面貌模糊——像现在这样。

第三个选择会展示出一位迄今不为人知的女士，她在性方面的需求没有降低她的政治威望，她的政治理念没有干预她的私人生活。这一点会揭露这样一个概念的脆弱性：一个女人如果不放弃爱情，就不能发挥自己的才能。

注解造成另外一个困境。幸运的是，爱伦娜·威尔逊提醒我，她丈夫对于"达到膝盖、达到腰际、达到脖子那么深的脚注"的评论。我把注释控制在最低的限度。卢森堡显示出本来面目的唯一时刻，见于她给姚吉切斯的书信。放纵注释的大重量压低这些书信的自发情感的做法，会挫败我的目的。

最后说说翻译的事。意大利的歇后语"**traduttore-traditore**"（"翻译即背叛"）不无道理，尤其是因为用波兰语写的情书被翻译成了英语。说爱情享有一种国际语言，这一点一定遭到每一个译者的悲哀否定。波兰语表达爱情的方式，有丰富的温柔和私密的语汇，还有创造语汇、不可效仿的语汇、有私密性质又为外人所能理解的语汇——这些语汇无法完整地译成英语，原因在于文化方面的和两种语言的形态学区别。

在写给姚吉切斯的书信中，卢森堡不是在书写，而是在对着他说话。有时候是独白，有时候是对白，她是在自言自语，或者对他言说。这一点使得这些书信有别于她写给其他人的书信。写给他人的书信都是书翰艺术的优良范本。感人而机智，清晰而求实，语调依据收信人的情况而变化。她给姚吉切斯的书信不是这样：在技巧上，她遵循了口语，而不是书面语的格式；在感情上，她不识类型，没有禁忌（尽管她说她有），不受限制（除了她在和他决裂之后写的信件——每一个词语都是细心掂量过的）。

卢森堡是一个脾气急躁、极富激情的女性。这一点在书信语调中的反映多于词语之中，在节奏中多于在语言当中。我试图保存她语气和情感的激荡，尽管这可能意味着偏离所谓"正确的"译文。我觉得，如果我冒险失去书信的最激动人心的因素——真实性，我就不可能比作者更为"正确"。

如果逐字翻译可能有悖于她的精神，我就冒昧意译。有时候我以不同方式翻译同一个波兰语词语，不是为了使得她的语言更优美，而是更接近她的真实；她的"亲爱的"也可能是"我亲爱的"，或者"我的爱"，或者"亲亲的"，取决于她的情绪和一封信的情绪。从词汇学和语源学上来看，英语的 dear（亲爱的）和波兰语的 drogi 是等同的，但是在语境上，尤其是在习惯用法上，二者之间存在巨大的区别。

这些书信常常是卢森堡和姚吉切斯谈话的继续。他们随时从一次谈话中断的地方拾起话题，而且，就像在谈话中一样，卢森堡常常从一个主题混乱地跳向另外一个，令一个思想悬空，一句话意义模糊，令人不安。是不是对于姚吉切斯也是意义模糊，我们不得而知。有时候他要求澄清，但是从他的秉性来看，这不一定表明他没有听懂。不管怎么样，我不会放肆地"填充"她没有详尽说明之处，用一句概括的话取代一个解说。当然，这些书信原本不是为了发表的。如果看到这些书信发表，卢森堡会感到受辱；看到这些书信被"加工"，她会感到愤怒的。

另外一个问题是，卢森堡把几种外语和波兰语混杂起来。她会说德语、俄语、法语，熟悉意第绪语、英语、意大利语、拉丁语；她的书信有时候酷似高布林织挂毛毯。出于匆忙，她把各种语言混杂起来，有时候还掺进一个不正确的外语词（也是个附加的问题），有时候引用一段完整的外语谈话。除了几处例外，我决定牺牲这一多种语言的风味，以求清晰和流畅。正文中若干脚注和频繁的中断，在我看来会影响其书信语言的鲜明特点。

我为这些书信编号，按时间排列为四个部分，为了主题的延续性，又做出些许的顺序调整。每一部分前面都加上了一段传记注释。这些书信大部分没有标出时间；写作时间是提赫教授确定的，他为此进行了长时间的、细致入微的研究。我做出的一些脚注都基于他的研究成果。编辑的删减都用带括号的删节号"（……）"标出。

衷心感谢下列人士的协助：克里斯提娜·波莫尔斯卡、伊洛娜·卡尔梅尔、米奇斯拉夫·曼内利、爱琳·沃德、陶尔曼、米拉·布伦娜、波特·哈特利。特别感谢黛安娜·格林、菲利克斯·提赫。麻省理工学院老多米尼安奖金促成了本书的完成。

序 言

埃尔什别塔·埃亭格尔

1

爱情和工作，精神和灵魂的某种结合，这是在罗莎·卢森堡和莱奥·姚吉切斯十五年之久强烈激荡情事过程中她怀有的梦想和斗争的目标。他们情投意合，不是因为他们想要如此，而是因为他们不可能违抗如此。他们在一起的时候是至福。他们的战斗是血腥的。他们分开了，依然相爱，但是被击败。

从一开始，这一关系内部就带有其自身毁灭的种子。他们两个人都受到同样——独立和个性——之狂热的感染，这是他们最终失败的载体。共同的事业，社会主义，把他们的生活联系在一起，却没有支撑住卢森堡的完美结合的梦想，因为他们彼此拒绝了他们两个人为全人类争取的那种自由。改造世界的愿望把他们引向社会主义。但是这一愿望一旦扩展到了他们的私人关系，就变成致命的。卢森堡设计出了她的理想：把完美的国际工人联合会映入她和姚吉切斯的结合，但是二者都没有经受住生活的考验。她对于人性的繁复奥秘一无所知，她决心给姚吉切斯和人类带来幸福——但是要遵从她的规定。

她不懂得妥协和宽容。姚吉切斯也不懂。但是他们两个人都不倦地引导对方或者诱引对方让步，也许是为了证实爱情，也许是为了证实权力。对双方来说，在不同的时间，投降表示不同的事物，就像叛逆一样。投降可能被等同于爱情，而叛逆被等同于缺乏爱情，但是也可能是一个通过引发罪疚感而实现统治的机会。彼此都亟索对方的独立感，虽然保持独立对两个人都至关紧要。他们没有达到给予与限制自由这二者之间的微妙平衡。在精神上和感情上，他们彼此依赖，但是没有能够把这种依赖关系视为爱情的条件，对于这一关系所带来的限制都感到恼怒。为互相给予呼吸的空间，他们之间经常争斗，分配这样的空间既机警、又嫉羡。

卢森堡的书信（姚吉切斯给她的书信未得保留下来）反映出这一争斗的不同的和互相重合的时期：师／生、受尊崇／被尊崇、孩子／父母的关系，及其相反的关系。这个男人自认为造就了她，却被她称为"我的孩子"，还有"叼叼"或者"丘恰"，前者是用在男孩身上的小狗的名字，后者用在女孩身上。如果"叼叼"淘气，她就停止使用这个爱称。在她重归于好的时候，他却还怒气中烧，反过来对她冷言冷语。书信显示出他们的武器：爱情、诱引、挑衅、回报、惩罚，和作为底线的情欲潜流。两个人都把书信当作代用品，当作每日在一起的生活，当作控制对方的手段——卢森堡通知姚吉切斯："我做出决定，不再写信，这不是你认为的报复行为。也不是抵制。"书信也算是工作车间，在这里，政治策略被制定出来、同盟关系得到谈判、反对派力量得到评估、军需品——文章和讲演——被共同起草。他们的做法表明，在政治上，说不出来卢森堡是在哪里开始、姚吉切斯是在哪里结束的。

姚吉切斯是为他的政治工作而生活的。他怀有某种使命，对于这一使命，一切事物，包括卢森堡，都必须服从。即使她不是他初恋的人，他也需要他人知道，他是她唯一的情人。即使她的快乐和他的忧郁冲突，她的欢快和他的寡言少语冲突，他也会开口问她："你爱我不爱？爱得强烈吗？你知道不知道有一个叫叨叨的人是属于你的？"

充当他生活中最重要的人这一点并没有令卢森堡满足。她善于享有爱情和工作，认为不需要顾此而失彼。她认为他思维的单一性乃是某种疾病的症状，她只能用"爱情的强力"予以医治。她拒绝接受俄国革命家巴枯宁和涅恰耶夫在《革命教义问答》中提出的革命家生活概念："革命家是一种无我的人；他对一己不感兴趣，对自己的事业不感兴趣；没有感情，没有习惯，没有财物；甚至没有姓名。他的一切都被一个单一的、排他性的兴趣、一种单一的思想、一种单一的激情吸收——革命……在他身上，家庭生活、友谊、爱情、感激，甚至荣誉的细微情感都被一个单一的冷峻的激情压抑了下去——这就是革命事业。"[1]虽然姚吉切斯没有名副其实地遵守这一教条，但是这

---

[1] 佛朗哥·文图里，《革命的根源》（纽约：格罗斯和邓洛普出版社，1966），页366。

个教条依然是接近他的理想和需要的。

卢森堡不愿意接受他的优先选择,一直没有停止和她唯一的对手——人类竞争。"你的来信只有、只谈工人阶级的事业,"在他们相识早期,她就谴责过他。"我打开你的信,看到整整六页纸张都塞满了关于波兰社会党的争论,而关于……平常的生活只字不提,我感觉要晕过去了。"这是他们往来十年之久的时候,她发出的怨言。

要"建设性的工作"和"积极的行动",同时不放弃家室、孩子和世俗的财物——这是她补偿现存种种弊端的工具。他不寻求压抑自然本能而得到报偿,也不努力通过自我承担来减轻他人的痛苦。禁欲主义对于她不仅是殊异的,她还视其为具有破坏性。姚吉切斯几乎视为罪孽和浪费的个人幸福,她视其为她自己为一切人的幸福和完满的权利而展开的战斗的自然延伸。她在信中写道:"你虽然对我言无不尽……我还是继续演奏这支老掉牙的曲调,追求个人幸福。是的,我怀有受到指责的对个人幸福的向往,而且我还准备为我每天的一份幸福而争执,而且像一头骡子那样顽固。"

培育出他们相互冲突的概念的原因,大概是部分地在于他们不同的出身背景,部分地在于他们的自然秉性。姚吉切斯对于"资产阶级"生活——家园、家庭、财产的叛逆态度始于他二十岁之前的少年时代。他出生在一个知名的、富裕的犹太人家庭,但是他背弃了这样的环境。他用工人家庭取代了他自己的家庭,用一个锁匠作坊取代了高中。武器的恐怖令他入迷,一如间谍阴谋式的行动。虽然因为他有一股独断和傲慢的派头不招人喜欢，但是他作为一个具有独特技巧的密谋家而受到尊重。二十岁的时候，在他的故乡维尔诺，他已经站在革命运动的前列。

卢森堡出身于境况尚可的家庭。如果说她不识贫穷，她却目睹了父亲为量入为出的生计所做的挣扎。童年时期，她患胯骨疾病，被误诊，从而给她留下严重瘸腿。一家人十分亲密，都宠爱她这个最小的孩子，她长大成为一个很有自信心的女孩。全家节衣缩食支持她求学，她虽然在十几岁时候就深深卷入革命运动，但还是在华沙读完高中，在班上名列前茅。她很早就领悟到，为了进行斗争，知识不可或缺，但是生活如果没有爱情、家庭和友人，就是不充分的。

卢森堡和姚吉切斯面临牢狱之灾，被迫躲避沙皇的警察。对于姚吉切斯来说，流亡是权力的结束；对于卢森堡来说，则是开始。

流亡对于姚吉切斯来说是一种震荡，他没有能够从中完全恢复过来。在维尔诺，他的生活陷入经常的危险之中，这使得他和他厌倦的资产阶级分割开来。而在瑞士，因为不存在危险，所以革命家的生活没有意义。这里有的是大学的宁静，但是他用不着大学，就像以往用不着高中一样；而且这里还有中产阶级生活的种种陷阱，这就是他的生活。他靠他所咒骂的家庭财富生活，这一点又把他和穷困潦倒的流亡同伴分离开来。马克思主义理论家取代了工人同伴；不行动是冒失鬼的作为。他对强力和指挥的偏好，在理论争论中得不到赏识。未几，他看出来自己受到孤立。

他过去的探索令他对自己崇高的精神深信不疑，但是割断了他和故里、工作以及他崇敬的母亲的联系；用卢森堡的话说，他"在经常的苦涩中生活"。对于失败的恐惧截获了他，一直没有放开他。

卢森堡因为身在异邦，被抛回她内在的资源，所以感觉不到遭受威胁。她依然依恋家庭和国家，没有、从来没有离开姚吉切斯的那种屡战屡败的感觉。她在儿童时期吸收的不同的文化——犹太人的、波兰的、德国的、俄国的文化，让她轻易适应了新环境。在瑞士，如果说她看到了什么情况的话，她看到了"追求、再追求正义"的更好的机会，胜似在俄国绞刑架阴影下面的生活。她在苏黎世大学求学，认真勤奋，像以往上高中那样，而且凭借她非常规的马克思主义教育背景对教授们发出挑战，以获得高度肯定的博士论文结束学业。姚吉切斯在十年后离开这个大学，没有获得学位。

他们于1890年在苏黎世会面，姚吉切斯二十三岁，卢森堡二十岁。虽然不算是丽人，但是她以女性特征、力量和明朗的精神令男人着迷。她上半身过大得不成比例，由于曾经罹患儿童胯骨疾病，腿短得像小孩一样，这一点损害了她的形象，但是她自我贬低的嘲讽态度增加了她的魅力。浓密褐色头发下面一双闪闪发亮的大黑眼睛和她热情奔放的性格同样打动了男人和女人。她立即爱上了姚吉切斯；他炽热的精神和超然风度使得他颇像陀思妥耶夫斯基笔下的人物。时间没有改变这第一印象。在她一生当中，他都是唯一的一个能够在智力上堪与她比拟、在性方面打动了她的男人。在她身上，他看到了一个饥渴的智者和饥渴的女性；他感觉自己能够满足她的饥渴,这一点给他带来了愉快和力量感。

只有"共同的事业"把他们联系在一起,这样的说法是一个不充分的论断。相互的吸引把他们联系在一起的说法可能不准确。他们如果不是都被吸引到社会主义理论,他们彼此之间的吸引就可能不多于短暂的一刻——这样的论断是可疑的。在1893年,他们一起创建了波兰第一个马克思主义的工人党——波兰王国社会民主党。经过多次演进和革命之后,这个政党还依然被认作是现代波兰执政党的先驱者。

为了吸引姚吉切斯脱离日益增长的孤立状态,卢森堡推动他加入了一个小政党;如果说这个小政党距离他自己宏伟设想十分遥远的话,这件事本身却推动卢森堡走上了跻身欧洲社会主义领导人行列的事业。是姚吉切斯开创了她的成功;他提供了技巧和金钱。最重要的是,他承认她具有天才;他觉得,只有在他的辅导下,她的天才才能得到最大程度的发挥。事实上,起初,她是相当怀疑自己的前途的。在会见了俄国马克思主义之父格奥尔基·普列汉诺夫之后,她信告一位友人:"我去了摩尔尼克斯,但是以后再也不去了,因为普列汉诺夫太精到,说得准确一点,对我来说,他的教养太好了。从和我的谈话中,他能够得到什么呢?关于一切事物,他知道得都比我好,我是创造不出来'理念'的——有独创性的、天才的理念。"[1]一年以后,姚吉切斯的这个能干的门徒就对普列汉诺夫的权威发出挑战。

---

[1] 罗莎·卢森堡,《致莱奥·姚吉切斯-提什卡书信》,提赫编辑(华沙:图书与知识出版社,1968),卷1,页XXVII。

但是，她常常为"理念"而请教姚吉切斯："给我几个理念……对于我，写作不是问题。"不久以后，两个人就达到了一种近乎完美的合作关系——只有两个头脑变成为一个的时候才能达到的关系。在智力上，他们呼吸得有节奏，这是某种大脑急行军。"帮忙，看在上天的份上，帮帮忙！"她急切请求。"……我们的开端很好。我写的文章……是面团（烤制了一半）……我们需要的。只要我知道该写什么，文章布局立刻成形……"他帮助她探讨经济学和政治学的理论问题，细察她的研究工作，提出研究主题。在给他寄送文章的时候，她总是写道："我知道你会立即抓住主要线索，给予最后的润色。"起初，她为实现期待而协调爱情与工作的愿望增加了他们之间关系的强度。她经常前往巴黎，有一次在旅途中她在给他的信里写道："我的感觉和你一样，我梦想在你身边，我唯一的爱。我和自己斗争，斗争得艰苦，为的是不耽误听课等事，赶快去见你。但是我很惭愧。而且，我感觉到，我知道，在我完成我该完成的全部工作之后你对我是更满意的。"

渐渐地，他们共同的工作变得充满冲突。姚吉切斯不能原谅、不能忘记，正是通过卢森堡他才卷入波兰的运动的。更重要的是，在数年间，他的政治生存几乎仅仅限于为卢森堡提供她写作所需的理念。"莱奥虽然机智聪明，但是他简直就是不会写作，"她后来说，"一想到要把他的理念写在纸上，他就感到颓然无力。"[1] 实际上，用铅印文字最终固定下来这件事令他失去

---

1 罗莎·卢森堡，《致莱奥·姚吉切斯-提什卡书信》，提赫编辑（华沙：图书与知识出版社，1968），卷1，页XXXVIII。

力量。这些文字一旦公布于众，就可能反抗他，证实他对于世界的虚妄态度。他是从幕后操作的，他需要避开阳光，避开他人。他不需要他想要拯救的那些人。他唯一的关注所在是制定党的策略，期待卢森堡去付诸实现。对此，她感到恼怒。"我正在适应这个观念，"她在信中对他说，"现在我唯一的任务是考虑选举，然后考虑选举之后会发生的事。我感觉自己像一个四十岁的妇女正在经受更年期症状，虽然我俩年龄加起来不过六十岁。"或者，暂时忍从之后，她常说："……我转向接受你的风格。也许你是对的，再过半年我会最终地接受你的理想。"这是和她的秉性对立的。

在为他们两个人写作的过程中，她很快发现自己陷入一种难以忍受的处境。"你认为胡乱写点文章，对我就可以了……而且还得遵守你'谦虚的见解'。"她字里行间透出反叛的口气。她同意他通过她来锻炼自己的力量，但是不同意他对她施展傲慢的控制。在他们卧室的私密空间里，她可能渴望成为他的小"丘恰"，但是他想方设法控制她的思想和她每一个行动的做法令她烦恼。"如果我是充分独立的，能够在政治舞台上单独行动，那么这种独立就必须扩展，包括购买一件外套。"她的行动很快变成单独行动，其程度超过了姚吉切斯的意愿。

柏林是她的舞台。她降临这个城市，像一只彩色小鸟，华贵而亮丽。虽然是一个女人，年轻，是犹太人，也是波兰人，却在1898年的三个月之内就得到一个编辑职位：这是强有力的德国社会民主党出版的一份重要报纸。经验丰富的社会主义者奥古斯特·倍倍尔、卡尔·考茨基、克拉拉·蔡特金都成为她的友人。对手们看出她是一个强有力的对立面。她的勇气和智慧,她火焰般的演说词,她利刃般的笔,都令人信服,令人震惊。姚吉切斯在她事业中的分量,一如既往地是不可忽视的。他的书信每天都在激励她的思想:"你最近一封信给了我一整篇文章,文章像一颗宝石一样闪耀……"她立即承认:"我是逐字把它翻译出来的。"

有一次她担心,自己的成功会毒化他俩的关系,因为他的傲气和多疑。现在,她对他多方好言相告,她取得成功的唯一目的是给予他精神的支持;她幸福地沐浴在新发现的荣耀之中。现在她被尊为"神性的""征服者"。但是,政治上的成功没有补偿不圆满的个人生活。她和姚吉切斯分享的喜悦诱引了她。他的一句话"谁的手也不如你的手,纤细的巧手",不断在她耳际回响。离开他的每一天都是一个新的折磨,是对往日极乐的提示。在苏黎世,她信告姚吉切斯:"我永远也不会忘记,……在黑暗中我俩互相拉着手走路,仰望山岭上方的新月……一起提着(食品)上楼……橘子,奶酪……晚餐吃得多丰富……用那张小桌……至今我还闻得见那天夜晚的气息。"对于欢乐的记忆和她不喜欢的孤独形成对照,从而令她心中充满真实的和想象中的恐惧。她比以往任何时候都渴望和他有一个家,有一个和他生的孩子。

但是,在两年中,姚吉切斯都拒绝和她住在一处。从苏黎世,他继续寄送命令、劝告、指责,通过她来"影响历史"——

这是他终极的梦想。对于这种经验的代理性质他感到恼怒，同时为她的成功感到自豪，却又觉得嫉妒，所以惧怕她"公开地作为夫妻一起生活"的要求。只有她的最后通牒，才迫使他慢腾腾地来到柏林。他成了一个没有士兵的光杆司令，女王的丈夫，现在，坐在他们的公寓住宅里阅读她的报告，内容全是她十分成功的旅行和所受的空前的欢迎。

卢森堡也不觉得高兴。"真实的生活"依然在她力所能及的范围之外。还在幼小的时候，她就坚信，真实的生活是隐藏在高耸的屋顶后面的。在她和姚吉切斯分手后，她写道："从那时起，我就一直努力寻找这样的生活，但是它总是隐藏在一个或者另外一个屋顶的后面。"[1] 她的爱情从来没有得到完满的回报。姚吉切斯继续躲避她。她意识到，这不仅仅是把他们分开的地理上的距离。

因为对于他的"内心生活"感到嫉妒，她忍受不了这样的想法：他的一部分生存情况，令她不可接触。"我感觉是一个局外人"，她抗议，同时又用这样愤激的话来"折磨"他。她领悟到，自己常常不明智地伤害他的自豪感、令他痛苦和退避——这样的感受使得她为姚吉切斯的灵魂所做的战斗更加猛烈、更加没有指望，使得他更加竭力维护他的生存所留下来的东西。她给予的时候，他感到不畅，不给的时候又感到不快，她让他

---

[1] 罗莎·卢森堡，《致卡尔和路易丝·考茨基书信》，路易丝·考茨基编辑（柏林：劳伯出版社，1923），页71。

知道她愿意给予的时候,他暴怒。他要求她给予毫无保留的注意,但是他度量和指派这样的注意力。他认为对于领地的入侵超出界限,他都不懈地、严格地禁止。他想让她保持依赖,保持住她,而他自己则保持独立,以证实自己是一个打造天才的人。他不想承担她幸福或者不幸的责任,却也不想放开这个责任。如果她感到不幸,他就感觉罪咎;如果她幸福,他就感到自己受骗。

时间的流逝在他们之间滋生出某种嫌隙。她对于自己的认知和姚吉切斯在她生活中的地位的认知,在不同时期是不一样的。比如,在她三十岁、已经是一位名人之时,和在她二十岁默默无闻之时——是不一样的。姚吉切斯,在三十四五岁的时候,充分意识到了自己年轻时候的志向和对现实的诸种失望之间的鸿沟。她从少年向成年的过渡时期的特征是成就和社会的承认;而对于他,这是和权力之梦的某种诀别。

她需要他俩"像他人一样地生活",过平静有序的生活,虽然对于他俩之中的哪一个,秩序和平静都是不可企及的。她一向企求不可达到的事物。在政治方面,他为革命而战斗,但是她十分惧怕暴力和流血。她性格中矛盾的典型就是:要惊雷沉默,要风暴静止。她推动并激励他走向不可达到的"平静生活",虽然意识到,却不注重他私人的痛苦心境。他经常的痛苦感受,这种啮咬他、消耗他的疾病,却被她视为一种"毫无意义的精神自杀"。她宣称,他正在浪费他自身,这是毫无道理的,不过是因为他"野蛮的疯狂"而已。在绝望中,她转向了另外一个男人。

而姚吉切斯，像一个对于自己创造的精灵失去控制力的魔术师一样，感觉自己丧失了控制力，因而失去了她。

1907年，在他们最终的决裂之后，他们分居。虽然分开，却没有变成陌生人。他为赢回她的全部努力均告失败。有痛苦和愤怒，但是亲缘关系保持了下来。他们继续在一起工作，他们青年时期的社会革命梦想没有因此受到损伤。

她的生活中还有其他的情事，没有什么意义。也许她想要向姚吉切斯、或者她自己证明，就像他有一次在信里对她说的那样，"我不需要你的爱情……没有你这份爱情，我也能生活下去。"但是后来，未及始料的是，她没有能够真正地生活下去。若干年前，他的冷漠触怒了她，她呼喊："我会杀死你的！"她没有杀死他。她一切照常，过着一种仿造的生活，直到1919年1月被暗杀。两个月后，在追寻杀死她的凶手过程中，姚吉切斯也被暗杀。

2

作为一个妇女和犹太人，卢森堡体现出了两个被压迫阶级。她成长的时期，正是妇女和犹太人不安躁动的时期。

波兰妇女的命运类似欧洲其他的罗马天主教国家。千百年来，她们受到服从与谦卑美德的训导，惧怕罪孽和惩罚，她们的生活被封闭在封建家长制的家庭之中。凭借社会地位，一个女人或者发挥作用，通过适当的婚配把门当户对的家族联结起来，或者生儿育女，提供农业劳动力。在民间故事里，也许就在现实中，第一个得到解放的妇女是一个寡妇，她靠着毒杀她丈夫的办法，达到了经济独立，因而还有个人的独立。

在波兰，就像在其他的欧洲国家那样，工业化摧毁了已成定规的态度；权力和金钱易手。封建上层——天主教教会和世袭贵族——看到了一个新的上层的出现，这就是资产阶级。破落的贵族不再能够支撑骑士阶层和脾性浪漫的仕女。此前因为出身和资产而享有特权的男人，为了补偿缩小的影响力而努力强调精神和躯体的优越感。他们同样受穷的女眷则常常俯就扮演家庭女教师的角色，或者，为了使得家庭免于破产，而嫁给新的暴发户。新的有闲阶级，像老派的有闲阶级一样，把女人当成聚拢更多财富和获取渴望中的徽章的一种手段。在新兴的知识分子阶层当中，慢慢出现的对职业地位的竞争强化了两性之间的对立。作为日益增长的城市无产阶级的成员，女工是底层中的最底层。

社会各阶级的重组也涵盖了犹太人。可以追溯到13世纪的特权和限制，在19世纪中期发生了改变，从小城镇和乡村到城市中心的移民也有所增加。在那里，少数的犹太人获得了在学术上、各种职业中的突出成就，获得了财富；很多人加入了无产阶级的行列，一些人称其为流氓无产阶级。卢森堡一家也离开了一个小镇前往华沙。像许多受过教育的、被同化的犹太人那样，她们自己认同为波兰人，为子女提供了现代的教育。卢森堡的父亲是那些犹太人中的典型，他们同情波兰人争取独立的事业。他们之中的许多人支持波兰1863年起义，那次起义带来了进一步的变化。

在那次有时候被称作"妇女的战争"的起义中，事实证明妇女是纯熟的密谋者和战友。俄国历史纪事作者"把反抗的激烈和长时间的、殊死的战斗归结为波兰妇女闪亮的眼睛和高尚的精神"，他们错过了关键要点。[1]在二十年之内，这些妇女变成了战士；她们不仅要求承认她们的妇女美德，而且也要求承认她们思维和工作的能力。她们最初的行为——模仿男人、谴责婚姻、蔑视公共舆论——引起反感，但是她们自己也对自己的地位十分反感：她们是"处女""玩偶"或者"安琪"；她们要对教会、传统和社会提出挑战。她们丢弃了面纱和天鹅绒，展现出自己的力量——这是必须注重的一股力量。

始料未及的是，经济和政治的压迫加速了妇女成熟的进程。例如，华沙爆发的第一次大规模起义，是因为沙皇警察命令妇女工人和妓女接受同样的卫生检查。虽然存在阶级的区别，但是妇女困境的相同之处把她们联合了起来：波兰妇女对于教会的压力感到厌倦，犹太人妇女对于贱民身份厌恶至极，她们都走出住宅和犹太人住区，为个人的独立而战斗。战斗也在报纸和小说的版面上展开。包法利夫人是她自己浪漫生活观念的牺牲品，安娜·卡列尼娜是悲剧性激情的牺牲品，玛尔塔（波兰著名女作家爱丽莎·奥热什科娃著名的同名小说的女主角，小

---

[1] 玛丽亚·斯米彻，《奥热什科娃》（华沙：国家出版局，1965），页54。

说在 1873 年发表）因为在劳动力市场上无用而付出生命代价。犹太人个案中的种族歧视因为阶级的竞争而加重，而性别的偏见，在妇女个案中，虽然并不明显，但是同样潜伏在它带来的种种限制当中，都使进步的希望变得黯淡。妇女和犹太人受教育的机会出现，这是走出羁绊的道路。但是只有教育是不够的。对于卢森堡那一代人来说，革命——或者社会主义——才是诊治全部这些弊病的灵丹妙药。

妇女叛逆者的形象是卢森堡成长年代的组成部分。在她八岁的时候，薇拉·扎苏利奇走进圣彼得堡总督特列波夫将军的办公室，瞄准他发出平射。她十一岁的时候，苏菲亚·彼罗夫斯卡娅，一位俄国将军的女儿，因为参加暗杀沙皇亚历山大二世的活动而被处决。在卢森堡高中毕业的时候，二十一岁的马利亚·博胡什，波兰第一个工人党无产阶级的领袖之一，在西伯利亚流放地死去。遭受同样命运的还有革命家罗萨利亚·费尔森哈特，一位犹太人医生的女儿。亚历山德拉·燕提斯，一个具有高度智慧和美貌的妇女，无产阶级政党的奠基人之一，和她的情人卢德维克·瓦棱斯基，党的创建人，被捕入狱。她被流放，他在俄国监狱中死去。

但是，在这个迅速变化的社会中，拿起武器的号召对于许多人都失去了魅力。工业化提供了展开不同种类的行动的机会。老一代人看到，武装斗争令国家流血，却没有削弱俄国压迫者；和俄国人合作，而不是造反，经济进步，而不是无望的流血，看来才是现实的解决办法。但是，造反没有停止。长头发的男青年和头发剪短的青年女人，常常都是工厂主的子女，出现在华沙街头，震撼了市民，令警察愤怒。这些年轻人发挥工具性的作用，向工人表明强调自己权利的方式。沙皇当局，在波兰极端民族主义者协同下，想要阻止犹太人和革命的波兰人联合起来，但是只取得部分的胜利。"波兰造反派"在沙皇警察看来是臭名远扬的。密谋者们极为勇敢，时髦的斗篷下面带着锋利匕首，痴心不改，十分危险，直到上了绞刑架之后，在空中摇摆。她们在十四岁开始干革命，男孩女孩都一样。十七岁成为羽毛丰满的颠覆派；十九岁或者二十岁，在绞刑架上高喊："波兰万岁！""社会主义万岁！""革命万岁！"

沙皇的镇压迫使女教师和女学生转入地下。学校变成了密谋的温床，未来的革命者在那里接受了基本的训练。耳语传递的情报、秘密的眼色、在阴暗的学校走廊和街道角落交换的地址，不仅安排了浪漫的约会，而且还有非法的课程。在地下行动中，出现了另外一种"革命"——在两性态度中。女孩们虽然还有人护送去参加舞会和茶会，但是她们现在在男同学当中逐渐发现了同志和朋友。在秘密小组里，青年人学习波兰文学和历史，讨论社会进步的理论，渐渐领悟到同志关系和自由恋爱的意义。卢森堡在和姚吉切斯的关系中强调友谊的做法反映了这一精神。

在流亡期间，卢森堡首先知道了为妇女权利展开的有组织的斗争。在德国，像奥古斯特·倍倍尔和克拉拉·蔡特金这样的社会主义者，是把这一斗争和为工人权利的斗争平等并列的。

卢森堡的态度有所不同。她的信念是，人民不应该按性别分开，而是应该团结起来反抗剥削者——这一信念形成了她有关妇女解放的见解。从她的观点来看，性别区分是又一个有害的区分方法，堪与分裂了国际无产阶级的，按照阶级、种族，或者国籍的区分法比拟。根据同一个理由——虽然其他的理由也扮演某种角色——她还是拒绝支持任何单独的犹太人运动，即使她的社会意识和她对于民族主义的毫不妥协的弃绝态度只能够从犹太人解放问题的角度来理解。她相信，一旦实现了社会主义，像其他的被压迫人民一样，妇女和犹太人就会享有资本主义制度拒绝给予他们的全部权利。但是，这一立场并没有妨碍她鼓励她的女友们提出各自的独立要求。

在犹太人问题上，她保持连贯的、毫不妥协的态度。她取得一定权力地位一事影响了她的情感：既然她，一个犹太人，能够达到这样出类拔萃的地位，则反犹主义就不可能是一个特别的社会问题，而只是资本主义固有的多重压迫的表现之一。她忽视根植于不同的文化环境和社会环境的种种区别。在1917年，她写道："普图玛尤的橡胶园的贫苦工人，非洲的黑人……都是一样亲切的。"[1] 波兰小镇上的犹太人小贩和哥伦比亚橡胶园里工人，也是一样的。对于卢森堡来说，他不再是一个特别的、具体的个人，一个历史地形成的民族的和宗教的实体的成员，

---

[1] 罗莎·卢森堡，《致友人书信》，考茨基编辑（汉堡：欧洲出版社，1950），页48—49。

而是人的纯粹的本质的表现。总之，她不觉得在犹太人、非洲人、拉丁美洲人或者其他欧洲人的处境中存在什么的确重要的区别。这样的态度是否、在什么程度上来源于她对民族主义的唾弃，或者来源于她自己的需要：逃离"隔离区"进入没有民族之分的人类共同体——这一情况典型地说明了在她以前和以后的某些犹太人的幻想。

和姚吉切斯的决裂与第一次世界大战的爆发稍微改变了卢森堡对妇女的态度。她独特的成功，姚吉切斯毫不动摇的支持，使她得以避免同时代妇女的共同命运。有人称呼她"红色才女"或者"犹太人玫瑰"，对此她不过冷漠地耸耸肩膀而已。然而，战争令她不是在和自己的低劣地位斗争，而是和这一地位的后果——无权的状况斗争的妇女当中寻找盟友。因为处于孤立状态，没有政治影响，妇女们对于自己、自己的孩子们或者国家，不能做出什么决定。在这个时候，卢森堡领略到了这种孤立的状态。1915年，她决定参加在荷兰举行的一次国际妇女代表大会。她意识到，是男人们控制了德国社会民主党。在他们的领导下，这个党变得越来越保守，只注意工人的工资，而不是他们的政治成长。男人们掌控了社会主义国际和他们相应的政府权力。现在，他们和发动战争、从战争中得利的人勾结起来，为战争预算投赞成票。在过去，她曾把勇敢和男人气概等同起来——"党内现在剩下了两个人，"她早在1907年就说过，"这就是克拉拉·蔡特金和我。"——现在她对事物的看法不一样了。她的传记作者说过一句当作美言的话："罗莎·卢森堡身上有许多男性的气概：在她的敏锐智慧中，在她无穷的能量中，在她的大胆果断中，在她的信心和坚持不懈之中。"对此卢森堡很可能报以嘲讽的微笑。[1]

3

从20世纪20年代开始，"革命者"这个词经历了某种变化，卢森堡和她的同事们可能视其为某种恶魔般的漫画。他们的革命目的概念是民主和自由，是把人从滥用政治和阶级权力的状况中解放出来的社会秩序。他们和日后革命家们的区别，就像他们的见解有别于其实施。他们散布在欧洲各地，他们工作的目的是：建立一个更人道、更人性的社会。

他们是一个独特的团体，前无古人，几乎后无来者。他们是有教养的欧洲人，其中有许多犹太人，这些犹太人在19世纪后半期出现，却随着劳改营、集中营、大清洗和毒气室而消失。在思想和精神上，他们是那些在今天错误地索取自己精神遗产的人的反面。他们无私、不可腐蚀、有文化，他们没有起来"拯救"世界，而是起来要把世界变成一个更适宜于生活的地方。他们也不免怀有野心、市侩气、不宽容；政治阴谋没有放过他们，同样还有个人的恩怨情仇。不同的个性有冲突，经历过意

---

[1] 保罗·弗洛里斯，《罗莎·卢森堡：生平与事业》（纽约：每月评论出版社，1972），页187。

识形态的战斗，但是基础保持牢固。有一次，法国社会主义者饶莱斯发表了一篇激烈的演说，反对卢森堡的理论，但是没有人为他做出翻译，于是她站起来，把他激烈的演说翻译成同样激情的德语。用莱奥纳特·沃尔夫的话说，他们都知道这是文明者的分歧，不是野蛮人的团结——那种团结对他们的事业是危险的。历史证明，他们是正确的。

他们既不需要，也不寻求对于工人的控制。他们相信，一个受到良好教育的工人会培育出和全世界工人的团结感，会理解资本主义的无孔不入和诸多局限性，还有，一旦他们得到权力，就会结束资本主义的统治。就像他们的先驱者马克思那样，他们没有理解工人对于自己的地位毫无自豪感，工人渴望达到更高的社会地位，即使不是为了自己，也是为了自己的子孙。他们是"世界公民"，操多种语言，家居欧洲全部各国的首都；他们把高尚的理想映射进入工人尘俗的现实之中。他们懂得生活的艺术，梦想一种连迄今遭受压迫的人民也能够参与的社会秩序。对于生活的细小奢侈他们不反感，享有对音乐和文学的某种趣味，对西方文明怀有深深的眷恋，他们想要把那种文化变成"全世界受苦人"的需要和财富。

卢森堡把个人幸福看作是人类一种自然的渴望，姚吉切斯则认为幸福和"事业"对立；他们二人的态度反映了失败的团组和胜利的团组之间的不同之处。后者志在按照自己的处方给人民带来"幸福"，让世人把"革命"和对美满、富裕生活的否定同一化。卢森堡从狱中信告姚吉切斯："（我）比以往更加痛恨'禁欲主义'……我继续贪婪地专注于生活的每一个火花……（还）对自己许诺，我一旦得到自由，就要过最充实的生活。"

对于卢森堡来说，社会主义是一种信仰，人民应该受到教育来接受它，而不是受到强迫服从它。马克思认为社会主义是一种历史的必然的现象，并且强调说，历史的力量正在推向社会革命，他认为这场革命在道德上是有价值的目的，因此值得为之战斗。马克思逝世以后，所谓的马克思主义者开始把马克思表现为一个平凡的历史决定论者，头脑简单的社会学法则的信徒。卢森堡反对对马克思的著作做出这样的解释，而强调某种伦理学的维度：为一种更人道的社会制度战斗的道德义务。人类的进步不可避免地是和伦理美德联系在一起的。现实政治是不道德的，因而毫无价值；它也是怯懦的根源，这一点，他认为是最严重的罪恶。

马克思说："我不是马克思主义者。"这句话很适合她对马克思主义的解释。她把它设想成为一种能够恢复人的完整性的人道主义哲学。为煽动分子和腐朽精神提供燃料的"马克思主义行话"，她认为有欺骗性，是危险的。她认为，马克思主义不是教条，而是创造新概念和真实变化的科学工具。格奥尔格·卢卡契写道："罗莎·卢森堡有效地继承了马克思在经济理论和经济学方法两方面的一生的工作，是马克思唯一的门徒。"[1]

在回答姚吉切斯对于她一篇文章的错误言论的时候，她说：

---

1 格奥尔格·卢卡契：《历史与阶级意识》（柏林：马利克出版社，1923），页5—6。

"你担心我强调我们对马克思的敌视在我看来是没有根据的。没有人会受到它的惊吓,因为整篇文章不过是马克思主义的一支凯旋曲。"她同样反对俄国专制主义和普鲁士的军营操练,她给现代革命思想带来一种对工人革命潜力几乎是神秘主义的信仰,在这一点上,没有人能够动摇她,但是这一点也没有几个人能够接受。

卢森堡对列宁和俄国革命的评价引起了长期争论。她被交替地展现和解释为一个马克思主义异教徒和正统马克思主义者。在西方,作为革命的批评家,她最为知名,在东方则作为革命的先驱和支持者而受到称赞。她对十月革命的分析(写于1918年),有些人认为是瞬时的幻想而摈弃,另外一些人则认为是预言而赞扬;实际上都不是。这是她的哲学逻辑的延伸,基于动态的、而非静态的历史概念,基于奔向一种更先进的,亦即,更民主的社会前进的不可避免性。她欢迎革命,她说,列宁的党是"在俄国那第一时期唯一抓住了革命的真正利益的党(……)"。但是,她感觉到,列宁的和托洛茨基的办法,完全消灭民主的做法,是"比它应该医治的疾病更恶劣的……",她写道:"从性质上看,社会主义是不能够通过命令指定、推行的……从所使用的手段来看,(列宁)是完全错误的,他的手段是:法令、工厂视察员的专政权力、残酷惩罚、恐怖治理——全部这些都是妨碍再生的手段……没有普遍的选举,没有不受限制的言论自由和集会自由,没有思想自由交流,每一个公共机构的生命都会萎缩……慢慢地,社会生活就陷入沉睡,只有党的几十个领导人……指挥和统治……实际上，权力是十来个优秀的人物实施的，而工人阶级的上层分子们间或受到邀请参加会议，去为领导人做指示的发言鼓掌，表示全体通过决议案。事实上，这是一种独特的——当然是专政，却又不是无产阶级专政，而是一小撮政客的专政……"她强调说，列宁和他的同志们"对国际社会主义事业做出的贡献，是在如此敌对而艰苦的条件下能够做出的全部。然而，危险开始了"，她强调指出，"他们把必做的事变成志愿做的事……"她论断，"自由仅仅给予了政府的支持者、一个党的成员；无论成员有多少，这也不是自由。自由永远是给予持有不同思想的人的。"[1]

她确信，智慧是不能垄断的。她拒绝了集权化原则……

卢森堡坚持把政治和道德联系起来的做法不断地令右翼和左翼社会主义者们困窘；这成了她在政治上失败的咒语。街垒两侧的革命者和保守派、政治上的朋友和对手，得知她遭暗杀的消息，都松了一口气。但是，她不会死去的。在她同时期人士当中，只有她在20世纪60年代返回，因为坦克隆隆，子弹射出，人们又一次为"具有人的面貌"的政府而战斗。用梭罗的话来说，"正派的人叛逆和革命化"[2]。无论在何时出现，卢森堡的列宁都会回归。

---

[1] 罗莎·卢森堡，《论俄国革命》，P. 李维编辑（柏林：社会与教育出版社，1922），页77—118。
[2] 罗莎·卢森堡，《选集》（华沙：图书与知识出版社，1959），卷1，页341。

书信

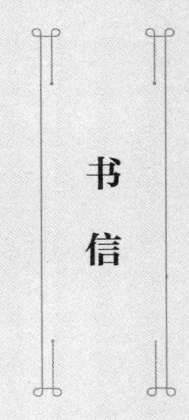

结识初年

1893—1897

罗莎·卢森堡于 1870 年 3 月 5 日生于扎莫西齐，俄国统治下的波兰的一个小镇。父亲是埃利亚斯·卢森堡，母亲是琳娜·洛文斯坦；她有一个姐姐，安娜，三个哥哥，米科瓦伊、马克西米利安、约瑟夫。波兰文化和德国文化渗透了家庭生活。卢森堡一家和扎莫西齐的犹太人社区没有联系，他们所在的小镇在波兰是最具文化底蕴者之一。1873 年，他们迁居华沙的时候，什么也没有留下来：没有纽带，没有遗憾。埃利亚斯·卢森堡是一位受过良好教育的商人，认同在两次未成功起义（1830 年和 1863 年）中致力于推翻他们痛恨的沙皇统治的波兰爱国者。而琳娜·卢森堡出身于有漫长的拉比家世家庭，文化教养很好，喜爱德国诗歌和音乐。两位家长都倾向于以不同方式表现犹太人特征，但是毫无互相排斥之感。

罗莎很小的时候，患胯部疾病，因为误诊，造成终生的瘸腿。她的姐姐也是瘸腿；三个哥哥都俊美出众，很有魅力。[1] 不公正的最初的象征可能就是自然的不公正——不公正从她幼小时候就触及了她。"我的理想是允许明确公开地爱每一个人的社会制度。"这个十来岁的中学女生写道："虽然我追求它、保卫它，但是我也可能甚至学会愤恨。"罗莎十七岁的时候从华沙第二女子中学毕业，对于社会主义运动已经不陌生。这一运动激励了女孩子和男孩子们，他们都睁开了眼睛，看到了在开始走上工业化道路的华沙猖獗的屈辱和不公正：第一代工厂工人的低下处境、镇压罢工的沙皇警察的残酷、新的有闲阶级的出现。

两年以后，1889年，为了躲避沙皇警察，卢森堡逃亡瑞士，再也没有返回华沙，除了十六年以后在那里逗留数月。在日内瓦，她遇到了传奇人物薇拉·扎苏利奇：这位女士在少年时期曾开枪射击特列波夫将军和著名的俄国马克思主义理论家普列汉诺夫。卢森堡也遇到了莱奥·姚吉切斯。

"我生命中的光辉，我的太阳，"她在起初给他的一封信里写道，"深夜漆黑，大山向我威压倾倒，巨大、沉重，众星虽然闪烁，却不友好，凛冽北风劲吹。周围死一般的寂静。我又是孤零零一个人。"1890年，他们相遇，卢森堡二十岁，姚吉切斯二十三岁。1893年，他们创建了第一个有影响的马克思主义工

---

[1] 卢森堡的侄女，马克西米利安的女儿，哈丽娜·卢森堡-文茨科夫斯卡在1977年逝世之前的几个月曾经和笔者慷慨分享她的家族回忆。

人党，波兰王国社会民主党（SDKP）。[1]

莱奥·姚吉切斯从立陶宛来到瑞士。立陶宛首都维尔诺是立陶宛人、波兰人、犹太人的独特聚集地，每一个民族的人士都是一股丰富的文化力量，坚决反抗俄国的同化政策——在这场斗争中，社会主义和革命具有某种特殊的魔力。姚吉切斯在1867年生于一个富裕而开明的家庭。他祖父雅各布的家园是维尔诺知识分子聚会的地方。他父亲撒母耳在他幼小时候去世。姚吉切斯崇敬母亲苏菲亚，在他的生活中，她一直是唯一支撑他的力量。1898年，母亲去世后，他信告卢森堡："……家里现在一个人也没有了。"一次忏悔露出马脚：实际上他的姐姐艾米丽亚、两个兄弟，约瑟夫和帕维尔，都还在维尔诺生活。姚吉切斯离开中学，当了工人，投身革命。因为革命活动，在1888年他被监禁几个月之后，在1890年逃亡国外。他独立的收入使得他处于某种有利的地位。他有财力购买一个印刷机，支援党的印制出版物，支援卢森堡。在他俩的关系中，金钱是通信中频繁出现的话题。这一情况带有统治与服从的某种象征意义和心理学的意义。

在瑞士，因为和日常的密谋活动分隔开来，又不能和俄国的政治流亡者们取得一致的意见，所以姚吉切斯通过卢森堡参加了波兰的革命运动。他是波兰王国和立陶宛社会民主党

---

[1] 1900年，波兰王国社会民主党（SDKP）改组为波兰王国和立陶宛社会民主党（SDKPiL）。（参见附件1）

（SDKPiL）中央委员会委员；在1914年以前，这个党是他唯一的实际活动的范围。这个党的微小规模(1893年只有200个成员)几乎满足不了他的政治抱负。在1890年和1897年之间，他们二人都在苏黎世大学学习，彼此分开居住，却在步行距离范围之内。1893年，这位二十三岁的女士，在社会主义国际第三次代表大会上发表第一次公开演说，引起轰动。一年以后，她成为波兰社会民主党（PPSD）机关报《工人事业报》的主编。报纸在巴黎印刷，卢森堡也正在那里写作博士论文。在这里，她和法国社会主义领导人让·饶莱斯、儒勒·盖斯德、爱德华·瓦扬建立了持久的关系。她和姚吉切斯的家仍然在苏黎世，他们偶尔在瑞士某一个小乡村度过工作假日。

信 1

（克拉伦斯，瑞士）（1893年3月21日）

深夜里，有一个声音唤醒了我。我惊醒了，倾听。是我自己的话："叨叨！嗨，叨叨！"[1] 我把床单拉向身旁，有点恼怒，心想，我的叨叨就在我身旁呢（多不体面的梦想）。我拉不动床单，于是生气了："傻叨叨，等到早晨嘛！"我的声音让我恢复了知觉，我知道这是一个梦，伤感的真实——我的叨叨在远处，很远的地方，我是一个人，孤独的一个人。于是我又听见了楼梯上的脚步声。在半睡半醒中，我猜想那是你；你想方设法赶上了最后一班火车（在梦中我稍微改变了时刻表）。你不想惊醒我，上楼是为了快睡觉，要在早晨给我一个惊喜。我高兴地微笑了一下，又睡着了。大清早我奔上楼去，却发现我夜间所见不过是一场梦。星期三你还不来的话，我就赶上第一班车到日内瓦去。小心！

---

[1] 叨叨，或者叨叨亚，一个爱抚的、亲密的小称，或者是莱奥·姚吉切斯儿时家里人，或者是罗莎编造出来的。有一次，罗莎对他发怒，写道："我亲爱的，'叨叨亚'，你求我帮忙，你再也不配了，我不知道你什么时候才配……"1902年1月7日。

信 2

（巴黎）星期日，下午3：30（1894年3月25日）

我亲爱的！对你，我一直很生气。我得说一说你做的几件丑事。我受到的伤害太大了，已经决定在我在此逗留余下的日子里再也不写信了。但是我的感情占了上风。我跟你过不去的是如下：

1. 在你的信里，只有《工人事业报》[1]的事、对我所做的事提出的批评，和给我提出的我应该做的事情的教导，其他什么也没有，没有。如果你怒气冲冲反驳说，在你给我的信里从来不忘记说温柔的话，那我就告诉你，我不是要看甜言蜜语。你自己留着吧。我是要求你写一写你个人的生活。但是不能只言片语的！你我仅有的纽带是事业和老旧感觉的回忆。这是十分痛苦的。在这里我特别清晰地意识到了这一点。每当我为永无止境的事业工作得精疲力竭的时候，坐下来喘

---

[1] 《工人事业报》(Sprawa Robotnicza)，波兰王国和立陶宛社会民主党机关报，1894年到1896年（参见附件1），在巴黎印刷，走私进入俄国吞并的波兰。1894年以后，卢森堡任编辑。

一口气的时候，我回头看看，立即意识到，在哪里我都没有一个家。我生存，我生活，不是以我自己的身份。在苏黎世也是这样，或者可以说，是更枯燥的编辑工作。用不着告诉我说我能经得住这没完没了的工作，什么我不过是需要休息休息。用不着，用不着，再多一倍，我也经得起，但是我经不住的是，无论我到哪儿去，都只有一件事，"事业"。枯燥，耗费精神。为什么每个人都要折磨我呢，我已经拿出全部的力量了呀！这是负担——每一封来信，你的也好，别人的也好，永远是一个样——这一期，那篇时评，这篇、那篇文章。即使如此，我也不在乎，但是，除了这个，在这类事后面，但愿还有一张人脸，一个灵魂，一个人。可是，对于你，只有"事业"，其他什么也没有。一直以来，你就没有什么体验吗？没有什么念头吗？没看什么书吗？没有什么印象吗？没有值得和我分享的吗？！也许也要对我提出同样的问题吗？我和你不一样，我随时随地都有印象和感想，虽然为"事业"尽力。但是，我应该跟谁分享这一切呢？和你？噢，不，我太高傲了。我想与海因里希和米泰克[1]以及瓦尔斯基[2]分享，

---

1 伏瓦迪斯瓦夫·海因里希和米契斯瓦夫·哈特曼，在苏黎世学习的波兰人，和波兰王国社会民主党有密切联系。
 （在书信中，卢森堡指同一个人的时候，会用名字、姓氏、字首字母或爱称等。）
2 阿道尔夫·瓦尔沙夫斯基－瓦尔斯基（1868—1937），波兰工人运动主要组织者，波兰王国社会民主党、波兰王国和立陶宛社会民主党、和1918年波兰共产党合作创建者。在斯大林大清洗中遇难，1956年恢复名誉。
 （斯大林恐怖的一些牺牲品被虚假控告反革命行为罪，在斯大林罪行被公开揭露后，他们得到死后恢复的名誉。）

但是，唔，我不爱他们，感觉不到爱他们。我爱的是你，但是——我大概又要老调重弹了。

2. 你说现在忙着赶时间，实际上不是。要谈的事，总是有时间的，写作的时间是有的。都取决于一个人的态度。给你一个典型的例证吧——还有我第二个反对意见。就说你的确是仅仅为了我们和你的事业生活的。比如俄国的事业。这方面，你给我写过一个字吗？请看怎么样，有什么出版物，苏黎世那些人怎么样？没有，这方面，在信里你没有想到过要告诉我什么。我知道没有发生什么特别的事；不过，对于亲近的人，一般都是写一写不重要的细事的。但是你认为对于我来说，胡乱拼凑文章给《工人事业报》、完全按你"谦虚的见解"照办就行了。

特性十足。

3. 还有一例。海因里希去了苏黎世。从他的来信我得知，他把全部的情况都告诉你了，和你一起讨论了，你坚持《工人事业报》和党之间的组织关系必须改变。怎么没有告诉我一个字？不征求我的意见？什么也不告诉我，你们就做决定，并且推行决定？至少海因里希是很诚恳的，写信告诉我，征求我的意见。你没有。

4. 我从布热津纳[1]的信里发现，他盼咐海因里希告诉我前线的情况。海因里希当然立即通知了你，可是你不跟我说一

---

[1] 卡罗尔·布热津纳，联络员，把《工人事业报》走私进入波兰。

声。我坐在这儿，忙着工作，寄送报纸，根本想不到是否有前线，有多少、能不能到达目的地，得用多少时间，谁正在做什么——布热津纳或者海因里希。这一切都被认为是我不需要的消息。

还有你高瞻远瞩的指示，不必为实际事务费心，这些事务有人办理，用不着我；这些指示可能是一个完全不认识我的人传递给我的。像"不必费心，你的神经太脆弱"这样的话，用在马尔赫莱夫斯基[1]身上最合适。这样一种态度（尽管还夹杂着什么"亲爱的"）对我来说，至少也是个侮辱。最让人受不了的是，你的指示又多、又粗鲁：跟着瓦尔斯基做这个，做那个，听拉夫罗夫[2]的，这样做、那样做，坚持这个，坚持那个。到头来，我感到万分厌烦、疲惫、困乏、急躁；在我有一点时间想一想的时候，这些感觉把我淹没。不是因为我有怨言我才告诉你这一切的。我不能要求你变成另外一个人。我写信告诉你，部分原因是因为我仍然保持这愚蠢的习惯，要告诉你我有什么感觉；部分地是因为我要让你知道我跟你之间的事。

---

1 尤利安·马尔赫莱夫斯基（1866—1925），经济学家、记者，活跃于波兰的和国际工人运动，波兰王国和立陶宛社民主党共同创建人，在1919年也是共产国际的创建人之一。
2 彼得·拉夫罗夫（1823—1900），俄国移民，俄国民粹派主要理论家。

附寄全部文章的清样稿，除了马尔赫莱夫斯基的和一篇短评。我没有得到马尔赫莱夫斯基文章的清样，但是我重写了，所以不着急。那篇短评，你知道的。克里切夫斯基[1]的还没有排版。今天我再看一遍。

寄去清样，因为我有点累了，不能清楚地把握住它，又怕你谴责。你看一遍，写上你的注解。有足够的空间。我没有看清样稿，没有改正拼写，不用管它，看看内容就是了。克里切夫斯基的文章占三行，一页不够。这一期会很平庸，因为关于缩短工时斗争的文章已经很肤浅，还占了不少篇幅。看能不能删减。对于谈我自己的斗争及其效果的文章，我要增加一些事实，还要改变结尾部分，过渡到为八小时工作日展开的斗争。用一短篇文章，署名"Ch"，来谈这个事，你觉得怎么样？（这是戴福尼特[2]的文章，雅佳[3]翻译的，我修改过。）瓦尔斯基说不行——他认为编辑签字的言论才是一篇恰当的绪论。你觉得怎么样？我喜欢这篇介绍文字，可以当成一篇引论。

在对开双页还有七个空白竖行。可以放进一篇论妇女的文章——一行；另外一篇谈工资——一行，或者一行半；我

---

1 鲍里斯·克里切夫斯基，俄国移民，社会革命党人，记者，与《工人事业报》有联系。
2 阿尔弗雷德·戴福尼特，比利时社会主义者。
3 指雅德维佳·赫沙诺夫斯卡-瓦尔斯卡，阿道尔夫·瓦尔斯基的妻子。

还得写一篇谈政治的文章。这个让我担心，因为我想不出来写什么。当然要写，不管什么。要写得短，两行，或者两行半。在剩下的空白中，加进去一篇短文，说说国外准备"五一"的情况，要强调三点：1. 英国人把纪念活动从星期日推迟到"五一"所在的那一天；2. 德国人同意纪念"五一"；3. 全部法国社会主义者都第一次同意一起纪念"五一"。这个问题变得有趣而全面。对于瓦尔斯基谈"五一"的文章你也许感到不愉快，但是我不能把它变得完美。这可怜的人写了，我拒绝了，给他写了个大纲，他按照我的提示重写了一遍。我又审查，改了两遍，我不能再向他提要求了。现在文章挺好。

坦率告诉我你对这些文章的看法。没有必要用甜言蜜语评论我的文章，你那好听的话令人讨厌。为了让关于工时的文章可读，我按照不同国家把它分成几个部分。我把全文分割开来，再合在一起，这样翻页就容易些。我不喜欢克里切夫斯基的文章——我情愿自己写，可是我还得重写。你的评论和我的多多少少一样。

现在我向你提出下列的问题：

1. 1848年，法国人民主要为了总体选举斗争，这样说合适吗？

2. 芝加哥示威游行发生在1886年还是1887年呢？

3. 多少卢布合一美元？（……）

4. 英国煤气工人和码头工人的罢工是在1889年、为了八小时工作日吗？

你肯定会看到有问题的地方。——今天是星期日。你应该在明天，星期一，收到这封信和清样。立即审查，星期二给我寄回来，最晚在星期三，因为星期二我会完成其他的文章（瓦尔斯基正在写关于工资的事）。——我又做起了莱夫[1]的事，知道他又雇用了一个排字工人，一个波兰人，现在他嚷着要资料。

附寄了莱夫的收据和票据。加上我今天收到的100法郎，为此我有118法郎了。小册子值90到100（纸张昂贵；一千张小张纸和装订7法郎，我记得）。剩下的我用。遗憾，我花了不少的钱，不知怎么花的。房租28法郎，杂费至少5法郎——提前两星期付，我付了16个。我一天付给雅佳1.5法郎（她供给午餐和晚餐），所以全部是23法郎。加起来是40，我带来60法郎和一点零钱。都从手里流出去了，不知道怎么花出去的：一盏灯，1.5法郎；咖啡，1.2；牛奶，1.65；雅佳给我缝了一个帽子，2.25；手套，2；早餐糖和面包大约2法郎。余下的花在哪里了，不知道。我花了1个或者1.5法郎买花和饼干给雅佳，因为她喜欢（我是不吃的），说到底，她花不少时间为我做饭呢。大概瓦尔斯基用了几个法郎，账

---
[1] 阿道尔夫·莱夫，波兰印刷技师，在巴黎开办一家印刷厂。

目出了点错。总之,我一文不名,从事业费里去了 18 法郎。以后得细心。你寄来的钱到这儿太迟,得尽快寄来 125 法郎,用在 2 月的一期。记住,星期三就准备好了。为节省邮寄费用,你能不能给我花的钱和我回家的花销里再加上一点钱呢?

至于在巴黎观光,想不起来要去看什么。可怕的嘈杂声和大群的人让我发晕,头疼。在邦马舍商场里面逗留了半小时,几乎回不了街道了。

对(巴黎)公社的纪念不怎么样。拉法格、保拉·明克、泽瓦艾斯、邵文,还有几个人发言。都挺浅薄,尤其是拉法格的话。盖斯戴说来没来。[1] 大约有 200 人(在全部党派联合组织的纪念会上,显然人更多,但是因为我精神紧张,所以没去)。

就此打住,不然发信迟了。你觉得没必要给我寄来报纸吗,啊?你清楚,法国的报纸只刊登巴黎乱七八糟的琐事。德国和奥地利的情况,我一概不知。奇怪你怎么想不到这一层呢。安娜[2]还躺在床上吗,她好点了吗?我自然是该写信给她的,可是没有时间啊。你收到这一批(400 份)了吗?收

---

[1] 保罗·拉法格,法国工人党创建人之一,和马克思女儿劳拉结婚。保拉·明克,活跃在巴黎公社的一位波兰妇女。亚历山大·泽瓦艾斯和雷内·邵文,法国工人党成员。于勒·盖斯戴和拉法格都是法国工人党创建者。

[2] 安娜·戈尔顿,来自维尔诺的俄国移民,姚吉切斯的一位挚友。

到评论文章了吗，有什么毛病吗？

《工人事业报》2月这一期该印多少？应该往哪里、邮寄多少份？

德国人的宣告怎么了，紧急！波兰人呢——我没有办法。

我把小册子寄给克里切夫斯基了。他喜欢吗？安娜呢？

2000本运到慕尼黑去了。剩下的你要我怎么处理？

收到莫日金斯基[1]一封信；大概不起作用。

"细心阅读我的书信"，回答全部问题。[2]

---

1 加布里埃尔·莫日金斯基，俄国移民，社会主义者。
2 引号内的内容为罗莎引用姚吉切斯的话，是为了戏弄他。

信 3

（巴黎）星期三，晚（1894年4月5日）

亲爱的、我的唯一的宝贝！

现在我在旅馆里，坐在桌子旁边，准备修改这份宣言书。叨叨，我的小叨叨呀，我不想工作！头都快炸了，街道乱哄哄的声音没完没了，房间糟极了……真的受不了了！我想和你在一起！你想想啊，我得在这儿至少再住两个星期呢。因为这份宣言书，我不能准备这个星期日的演讲，得等到下个星期，然后是俄语演讲，接着又得去见拉夫罗夫。

叨叨！这个局面有完没完啊？我的耐心快要耗尽了，这不是指工作，说的是对你！你为什么不到这儿来？如果我能够亲吻你甜甜的小嘴儿，我就什么工作也不怕了。小宝，今天在瓦尔斯基家，在讨论这个宣言书的时候，我感觉灵魂疲倦极了，想你想得几乎高声嚷嚷起来。我担心老恶魔——从日内瓦和伯尔尼来的——在这样的夜晚突然把我抓住直接送到东门叨叨那儿去，我的叨叨，我的丘恰，我整个的世界，我整个的生命！！

为了振作起来，我想象启程去见你；向瓦尔斯基一家人告辞，机车发出声响，火车出站，我上路了。唉哟上帝啊，我觉得是整个的阿尔卑斯山脉把我和你分开了。叼叼，火车进入苏黎世的时候，你正在等着我呢，我会磕磕绊绊地走下火车车厢，奔跑到入口的地点，你正站在那儿的人群当中。但是你肯定不会向我跑来，是我向你奔跑！

我俩不会立即亲吻什么的，也许影响气氛，也不说什么话。要快步走回家去，彼此盯着看，你知道的，互相露出微笑。到了家，就坐在沙发上，拥抱，我会泪水横流，就像现在这样。

叼叼，我不愿意多等了！我现在就要！我的金宝宝，我再也忍受不了了。更糟糕的是，我不喜欢研究，撕碎了你的信，现在没有东西来安慰我了。小叼叼呀，让我亲吻你甜甜的小嘴，和鼻子尖儿！我可以用小指摸摸它吗？你不会把这只猫又从房子里赶走吧？答应啦？

你的波兰语太差了，你知道吗？[1] 你媳妇会把你教好的，先等着吧！你也许会生气的——整个一封信里都不谈正经业务。

那好，为了让你感觉好一点，我要说：我喜欢你的宣言书，除了几个短句子。如果这个秘密探子真的就在苏黎世，那

---

[1] 姚吉切斯的母语是俄语。罗莎坚持让他必须学习波兰语，他学得很好。他用俄语给她写信，她给他写信则用波兰语。在制订他们共同生活的计划的时候，她写道："你的俄文都把我吓傻了……我的莱奥应该和我说波兰语，可是那样你'感觉不自在'。怎么办呢？你提议在家里说波兰语和俄语，这个建议太可怕了。" 1900 年 6 月。

就盯住他,让这期倒霉的《工人事业报》避开他。应该不难。

符瓦迪斯拉夫·海因里希不会把结果发出去吧?

星期五。我收到了钱、书和信。正在查看宣言书。祝好,来信。

给我寄来这一期《雅典》[1]和税率单以及扬奈克[2]的剪报。

---

1 在华沙出版的一个文学刊物。
2 指扬·别莱茨基,波兰社会民主党人,苏黎世化学专业学生。

信 4

（巴黎）星期四，晚（1895年3月21日）

我的爱，我的宝宝，最亲爱的叼叼！

我终于可以稍微休息休息了。肉体上和精神上，我都是疲惫不堪。我来到以后，终于第一次独处，刚搬到一个新地方。有一个可爱的房间，几乎是一个小沙龙，我做梦都想你到这儿来，和你在一起（你也可以在这个楼里租一间房子）。离瓦尔斯基一家很近，但是离图书馆很远，不过地点仍然是很好的，租金50到75法郎。一天乘一次街车去图书馆比较便宜。[1] 我早晨到那儿去，中午吃自己带的午餐，和都是波兰社会民主党人的一家波兰人在一起，只有瓦尔斯基在那里吃。然后我再去图书馆，晚上回家。图书馆开门时间上午9点到下午5点。

我的宝宝呀，我在想象中紧紧地搂着你，头靠在你肩上，闭上眼睛，休息。我累垮了！而你，小亲爱的，现在你有些时间，也许开始写评论了。你的时间太少！工作怎么样啊？

---

[1] 罗莎在巴黎做研究，写作博士论文《波兰工业的发展》。1897年在苏黎世获得法学博士学位。因为罕见而突出，论文以图书形式发表（参见信9和信12）。

我太了解你了。因为这封信，你会给我写一封温柔的回信，如果我给你写一封冷漠的信，收到的回信也冷漠。我怎么做，你都模仿，从来没有你自己的情绪，除非你发火、纠缠。为什么呢，你我的处境都一样的吗？我得到的印象一定和你一样吗？你干吗老模仿我呢？有时候我真觉得你是一块石头。一旦雕刻成——在语言和行动中证实——你爱我，你就表现得你是爱我的。但是在你内心，什么感觉也没有，没有爱情的自然冲动。噢，你真是个怪物，我不需要你。（……）

这么大的邮件会立即引起瓦尔斯基家门房的疑心。[1]不能直接寄给我。有一个秘密特务定期来看我这儿的门房（给我写信得小心，必要时候用暗语，给布热津纳写信的时候，写我的姓氏用一个x和一个m）[2]，而且，那条门房母狗自己就可能去告发我。想了想，我看这篇文章必须送到苏黎世给你。我不能要求莱夫像你那样把它包起来，因为他们不知道怎么包，像以往一样，会把事弄糟的。你必须亲自办理，和马尔赫莱夫斯基一起。如果同意把它寄到苏黎世去，立即信告。

现在瞧瞧你有多呆气。我体会出来，关于最愚蠢的业务的每一个字，对于你都是两倍、十倍、一百倍地更有意

---

[1] 邮件包含有《工人事业报》若干份。
[2] 在波兰语里，卢森堡这个姓氏拼写为 Luksemburg 或者 Luksenburg。

思——比我对你倾诉全部内心之情都更有意思。一提到波兰社会党,你的眼睛就亮了起来。如果描写我的心思,说我累了,我想你,你就跟没事人一样。

好,我就严格起来!不含糊的。我一直在想着咱们的关系,等我一回去,我就要把你紧紧地攥在手里,让你吱哇吱哇地叫唤。你等着!我非得把你吓得打哆嗦。要想保持住咱们的关系,你就必须俯就、屈服、弯腰。我必须改造你,驯服你,要不然我就再也不能容忍你了。你是一个火气大的男人,我终于领悟出来,就跟黑夜接续白昼一样。我要把你这股火气打扫干净,上帝保佑。我有这个权利,因为我比你强十倍,更因为我意识到了这一点,我更有权利谴责你这个脾气。我要把你镇住,不留情面,非得让你软下来,变得有情有义,对待别人像朴实的、有尊严的男人那样。我爱你高于这世界上的一切,同时对你的缺点也绝不宽恕。所以你得记住,小心点!我找到了一根敲打地毯的棍子,一回家我就要敲打你。

我知道,这一切对你都没有什么意义,但是见到你的时候,我要解释的。为了开始我的快步统治,你要记住:学点好!写信写得温柔点,和气一点,说两句你爱我的话。用不着担心降低了你的身份。你今天给我的爱比我昨天给你的多了三分。有什么难为情的呢?不要怕,不要因为担心我不回应,而不好意思表现出感情来。就是说,你得有感情。如果没有，我也不会勉强你。学会在精神上谦逊，不仅在我张开手臂访问你的时候，也在我后背朝着你的时候。一句话，要慷慨，舍得拿出你对我的爱。我要求这样的爱！遗憾得很，你平时的陪伴损害了我的性情，但是这个状况让我更想跟你斗争。你记住，你必须投降，因为我的爱情的力量无论如何也要征服你。我的大宝，好好的，我正把你抱在怀里，亲吻你整个的脸呢。

最最亲爱的，<u>请你给我寄些钱来付账吧！立即</u>。[1]

你很快收到罗斯托夫（我哥哥的礼物）的鱼子酱。

他们不是发疯了么，啊？不要动它，给维吉斯留着！！

赖小子，立即给我寄来你的照片！

马上寄出给我的邮件。

我的地址：雷伊路7号，3层。

---

[1] 1899年9月14日，卢森堡给姚吉切斯写信说："我亲爱的，劳驾在信里不要在文字下面画线；恨得我牙根儿痒痒。整个世界并没有像你想的那样充斥了白痴，非得有人棒打他们的脑袋他们才能明白。"

信 5

（巴黎）星期四，早晨（1895年3月28日）

我最亲爱的亲爱的，我唯一的你！我在飞奔，急急忙忙到你那儿去，我需要休息，需要和你谈话。我实在太累了！这是巴黎，和你分开着。我虚弱得厉害，在城里才度过四个小时，乘街车不断上车下车，累得昏头昏脑的。到了家，我躺下休息两个小时，脑袋里一片空白，苍白，凉得像冰块。当然剩不下时间做什么事，或者写文章。我一天的安排：8：30起床（沃伊纳罗夫斯卡[1] 8点钟叫醒我）、洗脸、漱口、擦皮鞋（擦皮鞋不包括在服务范围以内，如果我说应该，门房就会觉得受了侮辱）、刷衣服和帽子、穿衣裳、喝茶、为前一天的花销记账，为莱夫和古佩把文章整理好，等等。可惜这些事得干到中午。然后我一般都是带着雅佳一起去吃午饭。来回路上得花一个多小时，午餐另外花一个小时。如果必须和莱夫和古佩讨论业务，就到了下午5、6点钟了，因为他们

---

[1] 采萨雷娜·万达·沃伊纳罗夫斯卡，在巴黎生活的一位杰出的波兰妇女和社会主义者，直到1904年，都是波兰王国和立陶宛社民主党在国际社会主义办公处的代表。

住的地方很远；乘街车也得半个小时。莱夫这个笨瓜，至少得用两个小时才能把事办好。然后我回家，躺一个小时，脑袋里一片空白。然后沃伊纳罗夫斯卡给我吃热气腾腾的晚饭，至少得一个小时，因为她爱聊天。她对我这样优待，我不能把她当成饭店，吃完就走。

这时候是晚上8点，我只有三个小时了，因为到了11点我的眼睛就睁不开，我必须睡觉了。(……)我变得总是迟钝、瞌睡，写不出什么新东西，就算有时间，也不行。所以我就做机械的工作，把写作推迟到"以后"，比如关于"工人"那篇文章。我想我心里怀着希望，等着神灵降临，赐给我灵感(……)。

我还没有和瓦尔斯基结算过期的账目，因为很少看到他。附寄的是关于你给我的450法郎的账目。印刷花了371.5法郎——账单在你那儿；我剩下了58.5法郎，还有20，真是羞于开口，是我向别人借的。我的金宝宝，我独有的大宝呀，对我这个人花销的细账，你别生气啊。咱俩的关系这么好，所以说这不是依赖的感觉，或者诸如此类的，我不过是想要告诉你这些花销也是让我震惊的。一直到把一笔一笔的加在一起，我才弄清楚原因。你看，我日常花费花得很少，至少没有那么多。唯一的额外支出是为了（巴黎）公社纪念活动。赤字是两笔大开销：我借给雅佳30法郎，在邦马舍商场花了24法郎。雅佳肯定会还回30法郎的（记住，上一次瓦尔斯基一家还了 20 法郎）。我花了 24 法郎是你的过失。为了讨好你，我买了几件算体面的东西：衣服刷子，2.5 法郎，一面镜子，3 法郎，等等。我发誓，仅仅是为了你，我才买了摸着愉快、看着愉快的物件的。只要办得到，我就买点好看的东西布置一下咱们的家，或者把自己打扮整洁美观。这都要花钱的，最亲爱的，至少在开始的时候。例如，我买的镜子有这张信纸尺寸大小，可爱的木框子，玻璃质量好。我买这面镜子，因为你总是对着镜子忙着打扮自己，现在你梳妆台上有了一个好看的镜子了。等再买一个可爱的托盘，放在咖啡壶和玻璃杯旁边，另外一个放在面包旁边。

你也许感到奇怪我怎么把钱都花了，但是我想尽可能多收集一些东西，让咱们这个地方看起来不再像以前一样。咱们的整个生活安排也要改变。要按时早睡早起，穿得体面，房间要雅致，有咱们自己的许多东西，不能再打架（注意！），因为我想要健康、好看，你也是。一打架就把全部的生活都打乱了。得按部就班地、平静地工作。我会同意你对我的打扮和咱家房屋的要求（却不包括我和一般人的关系），但是，你记住，两件事必须取缔：打架和不规则的睡眠时间。你最好做好准备，因为这一次我是下了决心的，生活得要像个人样儿，你要是搅乱我的计划，我就上吊。如果咱们的生活平静、有规律，咱俩的关系也必定要变化。记住！你要是再闹脾气，我跟你说老实话，我就立刻离开你。不是去找一个军官——是我一个人！老实告诉你，没有别的结果。

我的珍宝宝贝儿，你听着，买三个镀银的羹匙、刀子和叉子，你觉得怎么样？一想起咱们那些发黑的油腻腻的叉子和生锈的白铁刀子，心里就烦。既然得花这么多的钱，活得也要有起码的尊严。

我的金宝，我理解，能感觉出来你需要什么，还有，除此之外，知道有哪些东西惹你心烦，所以我就要把这个地方收拾得好些，像个咱的家，不能这么乱七八糟的。不过，就算杂乱，也不是你大脾气的理由；心烦，是你的过失——我一个人的时候，生活就很规律，保持室内整洁，想着如何让它看着舒服。为什么呢？因为我没有经常地生气、灰心，让你弄得要发疯。你好好的，我会尽力把咱的家安排舒适。只要你好，爱我，一切就都会好起来的。我的宝贝，常来信！我的金宝呀，最亲爱的亲爱的，要跟你说的话还多着呢。等见面说！

　　　　　　　　　　　　　　　　你的罗莎

信 6

（瑞士）（1897年7月16日）

不行啦，我不能继续工作了。忍不住老在想你。必须给你写信。心爱的，最亲爱的，你没有和我在一起，但是我整个的心思都充满了你。你可能觉得这缺乏理性，甚至荒唐——和你隔开只有十步远，一天见你三次——不管怎么说，我只是你的妻子——为什么还有这股浪漫劲头，半夜里给自己的丈夫写信呢？[1] 噢，我黄金的宝贝，就让全世界的人拿我当笑料吧，但是除了你。你读这封信，带着感情，就像你在日内瓦阅读我的信的时候那样，当时我还不是你的妻子呢。现在我写信还是怀着当时的那种爱；我整个的心灵都飞向你，和当时一样，而且，现在和当时一样，我的眼睛充满了眼泪（你大概笑了——"说到底，现在我哭是没有理由的！"）。

叨叨，我的爱，我为什么不跟你说话，却要写信呢？因为我心里不踏实，有些事情，犹豫着说还是不说。我变得敏感，疑神疑鬼的……你的一个手势，一个爱理不理的字眼，

---

[1] 卢森堡和姚吉切斯一直也没有正式结婚。

都让我心焦，堵住了我到了嘴边的话语。我只能在一种温暖的、信赖的气氛里坦诚，但是这样的气氛现在十足的少见！你看，今天我心里充斥了最近几天的孤独和思考在我心里引发出来的奇怪的感觉，我有这么多的思想要向你倾诉，但是你的心情舒畅，心不在焉，你不在乎"躯体的事"，你认为这是我全部的需要。这太伤人了，但是因为你离开得这么快，你又认为我脾气怪。

也许，在你离开的时候如果你对我没有表示一点温柔，我大概也就不会想到要写信了。那温柔带有过去的芬芳，那是对过去的记忆，每晚睡觉的时候都令我暗自流泪。我最亲爱的，我的爱，你正在不耐烦地跳过整个这一封信，心想："她到底要干什么呀！"但愿我知道我要干什么！我要爱你。我要我俩都体会过的那温柔、静谧、完美的时光。我亲爱的，你常常拿老式的眼光看我的信件。你总是认为我因为你离开什么的，我才显得"古怪"。对于你来说，咱俩的关系是纯粹表面的，你想象不到这有多么伤人。不，不用，我亲爱的宝贝，不用告诉我，说什么我不懂，说这不是表面的，至少不像我想得那样。我知道，我理解这是什么意思，我知道，因为我感觉到了。以前你说这样的话的时候，这些话显得空虚，而现在，却成了沉重的事实。是的，我觉得像一个局外人。我感觉出来了，看见你在阴郁、沉默中思索你的忧虑和问题，你的眼睛告诉我："这跟你没有关系，管你自己的事吧。"我感觉出来了,在一次激烈争吵之后,我看见你心里在做事,在你脑子里掂量和我的关系,得出结论,做出决定,想办法对付我。但是我被留在外面,只能猜测你脑瓜里有什么事在翻腾。我俩在一起的时候,我就感觉到了,你把我推开,把自己封闭起来,去干你的工作。最后,我考虑我的前途、我整个的生活的时候,我感觉出来了,因为我的生活像一个玩偶,被一种外在的力量推来推去的。我最亲爱的,我的爱呀,我不是抱怨,我不需要什么,我只想让你知道,我不愿意让你把我的眼泪看成是女人的疯狂发作。但是,我能知道什么呢?也许是我的过错,更多的是我的。不是你的过错,我俩的关系不温暖,不顺利。怎么办呢?我不知道,不知道该怎么对付。不知道怎么办——我不能事先做出计划,得出结论,采取一贯的办法对付——我采取行动是凭心血来潮,爱情和悲伤突发,投入你的怀抱——因为你的冷漠伤了我,我的灵魂在流血,我恨你!说不定我要杀死你!

我的金宝宝,你能够理解,说理说得很好;对你自己和我,总是这样做的。为什么现在不这样做了呢?为什么把我留下孤零零的?噢,上帝啊,我祈求你来看我,但是也许这是真的——要不然就是我看着越来越像是真的——也许你不再那样多地爱我了?是的,是的,我常常感觉这样。

现在我做什么都是错误的。无论是什么,你都挑我的错。看样子你不太需要和我在一起。我怎么想到了这儿呢?我倒也想知道。我知道的是，全盘考虑之余，如果不是因为我，你会愉快得多。有情况提醒我，你想跑得远远的，把全部的事都忘掉。唉，我最亲爱的，我明白——我知道，从咱俩的关系里你得不到多少快乐，我犯脾气让你头疼，我的眼泪，全部这些小事，甚至我对你的爱情的怀疑。金宝呀，我知道，一想到这个，我就想要生活下去——嗨哟——忽然又不想了。但是一想到我侵犯了你清纯、自豪、孤寂的生活，就感到十分痛苦：我这股女人的任性，反复无常，我的无奈。都为了什么呢，真是的，为什么？我的上帝，我干吗老是要提起这些事？都过去了呀。我最亲爱的，现在你又会发问，我要什么，是吧？不要，什么也不要，我最亲爱的。我只想让你知道，对于我正在给你带来的折磨，我不是视而不见或者不敏感的。想让你知道我为此痛哭，哭得伤心，但是我不知道做什么，该怎么办。有时候我想尽可能少见你也许好一点，但是我又受不了：我想忘掉一切，投进你的怀抱，好好痛哭一场。可是这可恶的念头又钻出来，嘀嘀咕咕地说，让他安静会儿吧，他忍受这一切，都是出于好意。接着，有一两件小事证明我是正确的，于是我的愤恨又膨胀起来。我要唾弃你，咬你，告诉你我不需要你的爱，没有这份爱我也能活着。于是我又折磨自己，痛苦不堪，恶性循环。

"真是一场戏！"不是吗？"讨厌啊！同一件事，一而再，再而三。"我呢，我觉得好像我连这事的十分之一都没说完，更不是我要说的话。

> 语言对声音虚假,
> 声音对思想虚假;
> 思想从灵魂飞飘,
> 然后被词汇俘获。[1]

再见！几乎后悔写了这封信。也许你要生气了？也许你笑了起来？哟，不行，不能笑啊。

> 可爱的少女，迎接这幽灵,
> 一如在往昔的旧日。[2]

---

1. 亚当·密茨凯维奇（1798—1855），《先人祭》，第三部，戏剧，波兰文学遗产珍品。1968年，这出戏在华沙演出结束，因为其反俄色彩，导致了一场范围很广的学生骚动。
2. 亚当·密茨凯维奇，《幽灵》。

试探

1898—1900

1898年5月,为了在社会主义运动的中心城市工作,卢森堡迁居柏林,而姚吉切斯则留在苏黎世,准备完成博士论文并获取瑞士国籍。做出这个决定很不容易。两年前,她就在信里对他说:"我的成功和正在得到的公众的认可,可能会毒害咱们的关系。我走得越远,情况可能变得越坏。所以我再三考虑是否到德国去。如果经过成熟的考虑,我得出结论,我或者脱离运动,和你在某一个上帝忘记了的角落里平静地生活,或者走遍世界,和你一起生活、忍受折磨,我要选择前者。"(1896年7月12日)"经过成熟的思考之后",卢森堡做出她唯一能够做出的决定:留在运动中,同时保持和姚吉切斯在一起。

为了保护行动自由和躲避长期存在的遭受驱逐的恐惧,卢森堡通过一次实利婚姻取得了德国国籍（信9）。新郎是古斯塔夫·吕贝克，她一位在波兰出生的友人奥林佩雅·吕贝克的儿子。新郎对这一安排不太高兴，因为没有人征求他的意见（离婚过程拖延了数年，直到在1903年才告结束）。因为有了博士学位的后盾和结婚许可证，卢森堡开始攻击欧洲最强有力的社会主义组织，德国社会民主党（SPD）这个堡垒。

在不到六个月的时间里，作为一个外国人、犹太人、女人，卢森堡遇到了许多麻烦，但是她在德国社会民主党里名气大振。她得到了德国社会民主党领袖们的尊敬和支持，这些人是：威廉·李卜克内西、奥古斯特·倍倍尔、卡尔·考茨基、克拉拉·蔡特金、弗朗茨·梅林。两年之内，这位局外人变成德国社会民主党报纸的受欢迎的供稿人，在德国社会民主党代表三次大会（斯图加特、汉诺威、美因茨）上和社会主义（第二）国际中熟识的名人。

热情、抱负，对于自己与党的权威人士坚定的平等感——如果不是优越感的话——使得她从一开始反抗被边缘化推进波兰人的运动中去（信8）。然而，很快，她就把自己所珍视的理念——国际主义人格化。她是波兰、俄国与德国社会民主党事务的领头的马克思主义者专家，实际上过着一种双重的政治生活。她经常活跃在波兰社会运动和德国社会运动之中，但是她的威望很快扩展到了法国社会主义者和俄国社会民主党人那里。1898年，她在上西里西亚（西里西亚东南部）的波兰矿工中间工作，发表了经典著作《社会改革还是革命》（针对伯恩斯坦对马克思的修正的批判）。成为《萨克森工人报》主编后，她参加了在斯图加特召开的德国社会民主党代表大会。同年，她写作了一部著作《波兰工业的发展》（信7）。

柏林成为她永久的驻地。在这里，她从一个有家具的房间搬到另一个，后半生都痛恨这样的房间。她信告姚吉切斯："至于咱们的家，我甚至不愿意想到有家具的房间。"（1900年1月22日）

正如她所预言的那样，她顺利的事业并没有把和姚吉切斯的关系变得容易一些：在语言和行动上，他一如既往支持她；但是她不断成长的声誉不免令他受到损伤。他是一个具有强烈抱负的男人，惧怕生活在她的阴影之中。她首先想要和他公开地生活在一起，而密谋是他的第二天性，保密是一种武器。对于他受到的这种考验，她不是无视的。为了抚慰他，她时常提及"你的博士论文"，虽然他一直没有完成学业，但是她鼓励他说，"你能写得十全十美。"虽然知道他做不到。他总是寻找新的借口，推迟他们的聚会，达两年之久。她乞求、威胁，在绝望中哭泣、在愤怒中尖叫。直到他面对她的最后通牒（信32），他才离开他在瑞士的潜藏之地，到柏林和她聚会。

她在华沙的家庭，尤其是她父亲，也是一个让她不断操心的根源。令她厌倦的还有姚吉切斯出自对密谋的偏好而坚持对他俩关系采取的保密态度，无论有没有必要，都令她十分烦恼（信15，信17）。几乎在十年之后，她才终于对家里人说明了情况，但是她还是得像"滑头分子"一样说谎，因为他还是不愿意和她安定下来。她母亲在1897年去世，给她留下深刻而持久的罪疚感。因为"该诅咒的政治"，卢森堡后来抱怨（信66），她"没有时间写回信"给母亲，母亲琳娜·卢森堡临终也没有再次见女儿一面。现在，病入膏肓的父亲渴望最后一面。虽然她受到姚吉切斯、工作、父女情等的纠缠，她终于挤出一点时间和父亲共享天伦之乐（信27）。但是这姗姗来迟的行动丝毫没有减轻她的罪疚感。

1898年，俄国社会民主工党，九名成员，召开第一次会议。卢森堡对姚吉切斯半开玩笑地说："一群恶棍，却竟然做到了！"（信12）这个党的奠基人，或者其他什么人，都没有预料到，在不到二十年之内，他们会把德国那个组织良好的党远远撇在后面，会改变整个世界的面貌。

信 7

（柏林）星期二，晚（1898年5月17日）

我亲爱的叨叨！

这是第一个安静的时刻。就我一个人，能够给你写一封长信。昨天一整天和今天，我都是跟着表姐[1]一起找房子。你不知道在柏林找一间房子有多么困难。（……）

倍倍尔[2]和奥尔[3]在这儿。我还没有（给倍倍尔）写信，因为我想先找一间咱们的房子，见面的时候体面一点。没想到，每个人，或者至少我的房东太太等都对我有好印象，很奇怪，他们都认为我很年轻，听说我已经获得了博士学位而感到惊奇。你可以放心的。瓦尔斯基一家人见我穿黑色外衣、戴了一顶新帽子，都说我"兴旺了"。外貌到此为止。心里可不太兴旺，因为柏林庞大得令人压抑，心里昏黑。我感觉我来到

---

1 虽然卢森堡在信中称其为表姐，但是没有亲属关系。信9中也有出现。
2 奥古斯特·倍倍尔（1840—1913），马克思主义社会主义者，和威廉·李卜克内西共同建立和领导了德国社会民主党（SPD），成为该党在国会的代表；社会主义国际的核心人物之一。他是妇女解放运动的早期战士之一（《妇女与社会主义》，1883）。
3 伊格纳茨·奥尔，德国社会民主党领袖之一。

这儿孤零零的,完全是一个陌生人,来"征服"柏林,有点害怕,现在得面对柏林冰凉的、铺天盖地的冷漠。

我从房东太太那儿又要了一张纸,因为我放不下你。我可以写下去,直到天亮,但是我担心你责备我把太多的信纸塞进了一个信封。言归正传吧。我告诉过你,我觉得我的心灵里有瘀血。我来解释一下。昨天夜里,在床上,在一间陌生的公寓房里,在一个陌生的城市里,我放纵自己,反复玩味了一个思想:结束这样漂泊的生活,就咱们两个人,安宁和快乐地生活,在瑞士的什么地方,享受咱们的青春,彼此相亲相爱——不是更好吗?接着我回顾过去,看到我留下的是一片空虚。[1] 我知道我是在把玩一个幻境。我们没有在一起生活,没有快乐,没有幸福(这是指咱们的私人关系,不是指事业——事业的挫折不应该影响咱们的快乐)。恰恰相反。在回顾最近六个多月的时候,我看到的是纠结在一起的不谐和音,不可思议、奇怪、折磨人、黑暗。然后就是太阳穴里的钻心的疼痛,随之而来的几乎是肉体感受到的灵魂的伤痛,这伤痛让我右侧卧或者左侧卧都不行。最折磨人的是混乱感,脑袋里一股沉闷的嗡嗡声音,我不明白为什么,有什么目的,都有什么原因,或者是不是……

难以相信的是,这擦伤给我带来了勇气,开始一种新生

---

[1] 对立的观点参见信23。

活跃的勇气。我领悟到，我没有留下什么好成绩，如果我俩在一起，情况也未必更好一点，我会继续生活在一种不间断的非和谐之中，虽然我寻求理解；很痛苦，却又徒劳。我短暂渴求的不过是对我的想象的某种臆造，我觉得像那只猫——记得吗？在维吉斯——那只猫被一条狗堵在山和湖水中间的一个死角里。现在你想象一下，生活就像一条狗一样追逐我，山就是你的"铁石心肠"，意志坚定，像一块石头，像一块有棱有角无法接近的石头；到最后，湖水就像生活的波浪，我跳进去了——这就是柏林。在两根棍子中间，这倒也不是艰难的选择。我必须努力，不能让柏林的浪涛把我卷走，像那只猫似的……

因为 ça me touche toujours quand je parle de moi-même（法语：我一谈自己，这个情况就打动我），我就要哭，但是我训练有素的耳朵立即听见你不耐烦的嗓音："别哭啦，看老天爷的份儿上，你像什么样子，鬼才知道！"我一贯是服从的，把手绢放在旁边，这样，明天才不至于像鬼才知道的样子。

这儿又是旧戏重演，不是吗？在我离开之前，不管你告诉我什么，我还是要弹老掉牙的老调，提出个人幸福的要求。是的，我是有一股受到诅咒的、对幸福的渴求，而且准备好为我每天的一份幸福讨价还价，像骡子一样顽固地纠缠不休。但是我正在走向失败。根本不可能得到幸福，面对这样晶亮耀眼的，或者坟墓里那样漆黑的现实，我的愿望逐渐消退。

没有快乐的幸福，可能咱们的生活，就是说，咱们的关系（对我都是一样，vous savez——les femmes... *法语：你知道，女人们……*）是没有快乐的，枯燥的。我开始懂得，生活能够抓住一个人不放，让人没有办法对付。我现在逐渐习惯的一个想法就是，我唯一的任务是考虑选举，然后再考虑选举以后的事情。我感觉像是一个四十岁的女人，正经历停经症状，虽然咱俩加起来才大约六十岁。

很自然的，在阅读了这篇言论之后，你会想到，"多讨厌的利己主义，她只想着她自己的'幸福'，根本不管我的损失，这损失比一个情人关爱的损失大一百倍。"[1] 你必定是这个想法，你错了。我没有忘记，一秒钟也没有忘记，你内心的簿记，都是赤字。这个情况经常在我的心里；还有，在我其他的怨言之上，我对你还有一件不满意，你把我挡在你的簿记之外，什么事也不让我做，只是闭嘴！我告诉过你，你像高山女王里基山，可是，嗐，我不是少女峰，她威严地，在死一样的沉寂中，用她白雪皑皑的顶部凝望高天之外。我不过是一只普通的小猫，喜欢抚爱，喜欢得到抚爱，高兴的时候发出咕噜咕噜声儿，不高兴的时候发出喵喵声儿——这是她表达自己感受的唯一方式。既然你禁止我喵喵，我只能写信，说我自己和我这些枯燥乏味的事。但是，谴责我利己主义，

---

[1] 姚吉切斯的母亲苏菲亚，1898年在维尔诺去世。

你是没有瞄准目标。

找房的事我想赶快了结——真讨厌啊——赶快工作，向你发出第一个"战斗号角"。能够讨你的欢心，我就感到自豪。遗憾的是，没有什么正经事可谈，所以这封信这么枯燥。

你到底知道不知道我是多么爱你呀，啊？

半夜里，火车抵达柏林之前，轧过了一个人。火车耽搁了十五分钟，我一惊醒就听见了呻吟的声音。一个农民在黑暗中拉着一头公牛穿过铁轨。我问，他是否还活着，有人回答说："lebt noch a bissele（德语：还有一口气）。"

兆头不好。

就这些了，我唯一的宝贝儿。能够的话，说说你自己，多写。多写点。你说你会更好地照顾你自己，这样的话比其他全部的新闻都让我快乐。写细事小事：在4点钟喝咖啡吗？每天喝牛奶吗？有什么事，都写一写。

我的宝儿，不要因为纸厚、这封信沉重而生气。我还没有打开箱子什么的呢。

保重，我的地址是康德街55号，不要写我的姓氏，只写名字和父姓；什么时候、什么地方都有特务的。

你的　罗

安娜那儿有什么消息？

(页边的附记)

我这个房间房租每天1个德国马克。

那裁缝怎么样？服装让我感到内疚，本来不应该定做；让你破费很多，裁缝还不高兴，我为她惋惜。雅佳喜欢这顶帽子。

今天我给家里写信要借一笔钱。

你准备去见赫克纳（教授）吗？你开始去听课了吗？你知道，我是多么愿意你完成学业；一想到你的学业，我整个后背都疼。

你想象一下，奥格斯堡夫人都四十岁了！她现在住在慕尼黑（……），她似乎是一个"有污点"的女士。慕尼黑整个的文学艺术界的波西米亚习气都发出污秽气味。海伦娜·董宁格斯[1]和丈夫舍维奇，也都住在那儿；他和《呆头》[2]有联系。

施慕伊洛夫[3]感到惊奇的是，冬克尔和洪布洛特[4]出版公司要出版我的书。他说他们编辑部一定有一位现代文学专家听说过我，还说想"大获成功"的人都努力在那儿出书。

---

1 海伦娜·董宁格斯（1843—1911），女演员和作家。斐迪南·拉萨尔在一场因她而发生的决斗中负重伤。塞尔格·舍维奇是她的第三任丈夫。
2 《呆头》，著名的德国讽刺周刊。
3 弗拉基米尔·施慕伊洛夫-克拉森，在德国社会民主党内活跃的一位俄国移民。
4 冬克尔和洪布洛特出版社，莱比锡一家著名出版公司，1898年出版了卢森堡的《波兰工业的发展》。

达申斯基[1]的妻子和另外一个男人跑了。我知道她的名誉不怎么好。达申斯基和她结婚，看来是因为结果已经显现。我听说在加利西亚党内人士都十分讨厌他，因为他是个恶棍，不道德，喜欢像土豪那样生活。

---

[1] 伊格纳奇·达申斯基（1866—1936），波兰社会民主党创建者和领袖之一，该党在1919年和波兰社会党合并（参见附件1）。

信 8

（柏林）星期六（1898年5月28日）

叼叼，昨天我写信给你说我刚刚做出决定到上西里西亚去。经过再三考虑，我没有别的决定。

我不喜欢的是：

1. 我宁愿在像柏林这样的大舞台上"演出"，也不愿意关进上帝忘记了的某一个西里西亚的黑窟窿。

2. 在最差的情况下，我宁可在多尔蒙特演说——至少他们有公众集会。

3. 既然据温特[1]说，在西里西亚不能安排公众集会，我的工作就注定默默无闻，甚至连一个扫街的人都不会听说。

4. 虽然我行动起来像一个省长，但是我对地方的环境和工作不熟悉，事实上我是会受到温特的控制的。我根本不可能占上风。

5. 总而言之，这不是咱们期待的成功。

但是：

---

[1] 奥古斯特·温特，上西里西亚（属波兰，德国兼并的波兰领土）德国社会民主党创建人和领袖，曾在波兰煤矿矿工中间工作。

1. 在柏林没有工作可做，因为在这里没有人认真对待波兰人，而且，"献身"于在柏林对德国人的动员，而把波兰工作留给莫拉夫斯基[1]和温特的做法，是荒唐的。德国人不会理睬我，在选举之前我如果脱离波兰工作就等于放弃在党的大会上代表波兰人的集会。奥尔十分明确告诉我，对于德国人来说，波兰人骚动就是指西里西亚。Sapienti sat（拉丁语：有识者是了解的）。

2. 在德国人压倒性的影响下，在多尔蒙特的波兰人不构成威胁。此外，从自己的观点看，奥尔的考虑是正确的：全部努力应该集中于上西里西亚。他们不会为我支付前往多尔蒙特的旅费。

3. 拒绝前往上西里西亚等于放弃提供给我的唯一的波兰选举工作，影响我和执行委员会的关系，显得像一个大吹大擂的人（既然是我自己要求了这个工作）。也等于损害我和温特的关系，而且他可能最后成为波兰的运动唯一的代表。

4. 如果我想要在波兰运动内部建立一个独立的地位，我必须和西里西亚工人建立直接的联系线路。地方选举提供好机会。从党的大会和获取批准书来看，这也是重要的。

5. 我最想大骂奥尔和温特一顿，继续走我的路，但是问

---

[1] 弗朗齐舍克·莫拉夫斯基，活跃在波兰和德国社会主义运动中，在德国吞并的波兰地区创建波兰社党（参见附件1）。

题是，在什么地方？没有垫脚石，柏林、波兹南都不是，在上西里西亚，我一个人也是什么都做不了的。

6. 从《工人报》[1]的编辑工作来看，和执行委员会与温特保持良好关系是必不可少的。同时，我们必须依靠德国人。

所以，无事可做，只能提起我的小行李箱，开路。到哪儿去呢？大概要到博伊藤去。我在等待温特的指示。出发前我再给你写信（……）

来信，有什么都说说。

罗

---

[1] 《工人报》(*Gazeta Robotnicza*)，波兰社会党机关报，强烈反对卢森堡开展国际工人运动的理念，特别反对与德国和俄国工人联合。

信 9

(柏林)星期二(1898年5月31日)

我的爱爱!今天(!),等了五天之后,终于收到了你的两封信——星期五和星期一的。星期五的走遍整个柏林,走了三天——邮差耽搁的。说正事吧。

1. 我大概后天去上西里西亚;还没有温特的消息,所以不知道到哪儿去。我预计明天收到他的信,但是好的火车车次在早晨。到克鲁莱夫胡塔(可能得走那么远)的车大概得走十二个小时!三等车车票23马克,二等33马克。坐二等的,向党部报销三等的,差额十马克自己掏腰包。我要在弗罗茨瓦夫逗留一天,和布伦一家人与舍布斯一家人[1]谈谈,这是奥尔的提议。我已经告诉你了,我想。带几件衣服、衬衣,一个小炊具,用从表姐那儿借来的行李箱。

2. 德语的讲演准备好了,今天完成的。我心里痒痒的想要在出发前在这儿发表,但是又怕奥尔,而且这件事会推迟

---

[1] 尤利乌斯·布伦,德国社会民主党人、记者,活跃在波兰矿工当中。莱茵赫尔德·舍布斯《人民警卫报》原编辑。

旅行三天。努力至少在西里西亚使用吧，以后，上帝保佑[1]，在柏林使用。

3. 给帕尔乌斯[2]写信了。现在不必见他。

4. 给塞德尔斯[3]一家写了一封热情的信。弗瓦戴克[4]想短时间去加利西亚，然后去卡托维茨或者边界上的斯普，为我们工作。我尽力说服他进入中心办公处[5]——等着瞧吧，尽力让他在这儿等我回来。我和他关系很好；借给他5马克，穷人，没工作。他给古特[6]一件骑马穿的服装。我回来的时候，他向我介绍赫沃斯塔和扎巴[7]，然后我把他们抓到手。

5. 今天我收到的瑞士居留证 No.3835，Ata 1979，VH98 上面写到："本警察主席团证实罗萨利亚·吕贝克，已婚，原姓卢森堡，……生于扎莫西齐，通过婚姻取得普鲁士公民身份。本证书发放用于境外旅行，有效期为五年。"日期和文沙伊德的签字。

---

1 卢森堡对"上帝"这个词语第一个字母使用大写字母的做法不是一贯的。
2 帕尔乌斯，亚历山大·以色列·海尔普汉德（1864—1924），马克思主义理论家，俄国社会民主党人，流亡而在瑞士和德国居住。在革命运动中是最引人注目和最具争议的人物之一，据说他曾是一个说客，保障列宁在1917年经过德国。
3 罗伯特和马提尔达·塞德尔斯，卢森堡友人，住在瑞士。
4 指弗伏瓦迪斯瓦夫·奥尔舍夫斯基，活跃于波兰王国社会民主党。
5 中心办公处大概是指海外波兰社会民主党人工人联盟的总部。
6 斯坦尼斯瓦夫·古特，海外波兰社会民主党人工人联盟的领导人之一。
7 米哈乌·赫沃斯塔与扎巴（意为青蛙，沃依切赫·波普瓦夫斯基的笔名），活跃在波兰王国社会民主党。

我把全部文件放在单独的一个文件袋。

6. 我已信告你，尤焦[1]提供了我130银卢布给冬克尔（用来发表卢森堡的博士论文），款立即到，所以你不必着急。这是借款，当然，借期一年。他们也给我寄来10马克。

7. 按你说的对待温特。写信可以面对面洽谈，看着是一个有尊严的人，虽然是一个匈牙利人。

8. 不给倍倍尔写信，没用。"让他从我的行动认识我。"

9. 在克拉森家的 jour fixe（法语：固定聚会）无聊透顶——到会的人都是哑巴。

10. 用钱方面每一笔都一清二楚，到下月1日，都会很好，谢谢你！

11. 我不在的时候，如果需要，你可以把书和贝多芬邮寄到表姐那里，她替我看家。

12. 写信给卡罗尔和卡斯普沙克[2]，把文章寄给他们。

13. 为你星期五的来信付了超资，你这个小猴子，40芬尼。"你准备薄一点的信纸吧……"

---

1 约瑟夫·卢森堡（1868—1936），卢森堡三哥，爱称尤焦，在华沙行医。卢森堡其他的哥哥姐姐是：姐姐安娜（爱称安佳），1858年出生，外语教师；大哥米科瓦伊，1860年出生，商人；二哥马克西米利安（爱称穆尼奥），1866年出生，经济学家；都在华沙居住。

2 马尔钦·卡斯普沙克，工人，据说在1889年帮助卢森堡秘密逃出波兰。第二"无产阶级"（接续第一个所谓的"大无产阶级"）创建者和领导者之一，在波兰王国和立陶宛社会民主党内活跃，卢森堡挚友之一。1905年被处以绞刑。

和以往一样，我仔细而贪婪地阅读你信上最后几句谈个人的话。不知为什么，对我没有作用。我不能想象你是善良、温柔、情爱的，也不能想象我自己就是一度为你表现出来的那个小丘恰；你今天还看我是那个样子吧。我内心里是一片寂静，一片冰冷。我机械地完成每日的工作，没有恐惧、没有热情，感到内心空虚、空空如也。自然，我时常想到你，或者说，不是思想，是感觉到你时常在场。

奇怪——我从来没有感到这样完全的孤独，在一个大城市的中心，任务很重，精力不济，又不能咨询你。但是我完全不以为然，很平静。事事都安然潜伏在内心里。只有我必须撰写文章，依然是一个令人厌烦的、陌生的思想负担。我会有时间和精力吗？

Enfin, qui vivra, verra（法语：总之，活着，就能看到）。你看，我回到了事务——按你的风格。也许你是对的，再过六个月，我最终会变成你的理想。我希望不要像那匹马一样，被训练得越吃吃得越少，直到有一天……

你不要悲伤，多写写你自己，你正在做的事。你为什么很少访问赛德尔一家呢？太傻了。给沃尔夫[1]那封信呢？变成谈话了吗？你应该把二稿寄来修改的。——我恨匈牙利人和柏林。

你的　罗

1　尤利乌斯·沃尔夫，苏黎世大学经济学教授，卢森堡的老师。

你早餐还吃鸡蛋吗？也许你改了？信告！下午4点你喝什么？感觉怎么样？你十分需要平静，我希望你现在享有平静。

给瓦尔斯基一家写信呀！！

明信片 10

（莱格尼查）星期二，上午（1898年6月14日）

叨叨，昨天的会议十分成功。我的发言比在弗罗茨瓦夫还好。同志们立即要求我长时间留在那里。他们送我鲜花等等的。警察的行动有尊严，甚至没有要我拿出证件，虽然所有的街角上都张贴了我演讲的大型通告。

今天我在戈尔德贝格演说（离这里一小时车程），明天我到克鲁尔胡塔投票办公室工作。

烦人的温特，在德累斯顿、莱比锡等地，我本来可能造成轰动，这是不可避免的，我们需要他。不过，演讲可以等到选举结束，或者，在选举期间，也许我可以尽力发表演讲，做点事。但是也不好办，因为我得写出另外一个讲稿。布伦斯说可以到这里做一个报告，但是他病了，没来。我预期在胡塔收到你的来信。真见鬼，你怎么不说一说你国籍的事呢？[1]

我也给赛德尔一家和瓦尔斯基一家寄出明信片。

---

1 姚吉切斯在苏黎世申请瑞士国籍。卢森堡频繁提及这个问题，姚吉切斯情愿持以沉默，因为他不愿意迁往柏林。另外一个借口是攻读博士学位（信7、30、37）。

明信片 11

〔莱格尼查〕（1898年6月15日）

叨叨，我回到了戈尔德贝格，等火车前往胡塔。昨天在戈尔德贝格十分顺利。讲演厅挤满了听众，外面有更多的人，窗户旁边有人站在别人肩上听。同志们说从来没有见过这么多的人。我刚为社会民主党发声，就得到三次欢呼，今天，还没有出发，就收到一束可爱的玫瑰和木犀草。我计划返回胡塔，明天和后天在那里逗留。然后到哪儿去，还不知道。大概回柏林，假定布伦斯不参加预选。他若是参加，就不会让我走；我愿意集中注意一个地区，而不是在许多不同的小地方演说。看吧，也许我能够安排好，在德累斯顿做一个报告，我愿意这样。我预期在温特那里接到你的来信。

亲你的小嘴嘴

你的 罗

（……）我累极了。钱都花光了。

信 12

（柏林）星期五（1898年6月24日）

我的小男孩儿生气了，骂我骂得厉害。惹出这烦恼，是因为我是一头不知感恩的小猪，我竟敢随便评论你含辛茹苦的工作。[1] 我担心起来，接受了叼叼全部的改正，除了引论的末尾部分，我狠了狠心，删掉了。认真地说，这一部分不可或缺，我希望你原谅我在整篇文章只删掉这一部分，因为我需要它。我告诉你吧，你的"鞭笞"吓得我不得了，像一条狗摇动狗尾巴一样。（……）

希望你告诉我在哪里开始。我想要和你说的话很多，但是担心体力不济——我十分虚弱。你大概不满意我的工作，或者至少不十分满意。但是我抱有最好的希望。不是因为我兴奋或者有热情，恰恰相反，我是单纯地平静和乐观。你想象不出来我最初几次出现在公众面前对我有多么好的影响。我全力以赴，勇往直前，也不管结果如何。现在我深信不疑，再过六个月，我将是党内最好的发言人之一。我的声音、我

---

[1] 姚吉切斯校对和审读了卢森堡的博士论文，为了发表。在他俩决裂之后，他继续校对和审读她的著述（参见信91）。

的姿态、我的言语——都没有缺点，最重要的是，我走上讲台的时候，毫不胆怯，像以往二十年那样。两三个星期以后，会议重又开始，到时候我会欣喜登场，先在德累斯顿，接着也许是在莱比锡，最后在柏林。你不必忧虑。我希望一切都像普通发言那样地容易。我说"其他的事"是指两件事：（1）反对伯恩斯坦[1]的文章；（2）反对莫拉夫斯基（波兰社会民主党）的运动（跟一个蠢汉子打交道和一只火鸡）。第一件，你知道都有什么困难，这是我指望你的帮助之处。至于伯恩斯坦的文章，我愿意立即开始写作，因此：（a）按时邮寄《新时代》，还有最近两个星期的过期刊物；（b）书籍，就是说，马克思。至于（2），莫拉夫斯基运动，最坏的情况是，现在，正是在苏黎世，我不知道从哪个方面出击。显然，我必须采取主动。德国人正等着我带一块"弹片"来。这是温特不断地提醒我的，还有勋朗克[2]；等等。但是我该做什么呢？不知道。（……）

休息几分钟。刚刚收到你的信，和对前三页的第二修改稿。我几乎发疯了。甚至都不想谈这件事，没用。我要原样

---

1 爱德华·伯恩斯坦（1850—1932），杰出的德国社会主义理论家。因为反社会主义的立法，流亡二十年，主要在英国。1898年，因为他对马克思主义理论的批判，引发了激烈的辩论：他否认世界革命和阶级斗争尖锐化的不可避免性。
2 布鲁诺·勋朗克，德国社会民主党主要机关报《前进报》的编辑之一。从1894年到他在1901年逝世，他是《莱比锡人民报》的主编，这是德国社会民主党在德国的第二种最重要的报纸。

寄回去；只改正了语言。很遗憾我没有直接收到一稿清样；洪布洛特正等着呢，还得再等一天。依我看，有些地方现在淡而无味，为什么被删掉了呢，怪事。不说它了。我知道你是从不同的角度看问题的：两个多星期的狂热的工作，不少数字是错误的，等等。我希望以后咱们再也不做这类的工作了！我简直厌恶我这篇博士论文，因为投入了这样多的工作和努力，一想到它，我就怒火中烧。这就是我要告诉你我得出的关于我们工作方法的结论的原因。

到现在为止，咱们的工作机制等于浪费健康和精力；是一种明显的疯狂行为。没有得到可观成果的努力理应惹人耻笑，而不是尊敬。花费最低限度的精力获取最大的成果，这是正确的原则，我已经付诸实践。平静地工作，轻松，避免心情烦躁，避免对一个问题花费太多的时间——这是我的做法。我以这样的方式写讲稿，现在我也是这样地为《莱比锡工人报》写文章。《循序渐进》[1]是这样，反对伯恩斯坦的文章亦然。而在这样的情况下，工作是没有白费的。见于润色、见于形式的完整和谐。但是为《萨克森工人报》写文章或者在论文上投入这样多的工作简直就是荒唐。谁也不会注意，更不要说赏识。当然，我不认为有错的数字应该修改，而是认为一千个其他的鼹鼠窝丘，在你的文字学究气的放大镜下，

---

[1] 卢森堡的文章《循序渐进：波兰资产阶级史》，1897年在《新时代》上发表。

增长成了大山。就整体而言，如果我比较咱们过去的努力及其结果的话，我感觉羞耻。那是过去。从现在起，frisch，froh，frei（德语：轻松、愉快、自由）——轻松愉快地工作、认真而简短地反思，做了的算做完了，要拿出迅速的决定和迅速的执行，雷厉风行。我一直就是这么做的，没有犯一个错误。如果说我在这儿没有在公共场合露面，这不是我的过失。本来我准备好了，如果有机会，我会做得很好，完美。不过，吹嘘到此为止吧。我要对你谈谈我自己，谈谈你，和一百万件个人琐事。

关于我自己，没有太多可写的。我需要重复一下我已经写出的内容，但是你有可能误解，感觉不适。"我内心感到清冷和寂静"——你认为我指的是个人的事，和你有关，但是，实际上，我不过是抱怨我自己的处境依然没有改变。这是一种死气沉沉的冷漠——我的行动和思想像是一个自动机器，好像是有别人在里面活动似的。到底是什么？你说给我听听。你问我缺的是什么。生活，准确地说！我觉得有些事物在我心里已经静止。我感觉不到恐惧、痛苦、孤独；不过是行尸走肉。好像我完全是另外一个人，和在苏黎世的时候完全不同，而且，甚至在我的思想里，那个时期的"我"显得像是另外一个人。

你在心里说你因为母亲逝世而痛苦不堪。也许现在你会相信，这对我也是不堪忍受的。这样的痛苦既不停止，也不过去，连一天也不停止、不过去。在苏黎世我注意到你不相信我，所以我不向你表达我的感觉，但是这一悲哀之情在那里和这里都挥之不去。多半在夜间来临，我上床之后，压抑得大声呻吟。我不知道你怎么样，但是我的痛苦不是来自某种损失感，或者为我自己。啮咬我的是：生活到底是什么。是为了什么。生活是值得的吗？没有其他的思想可怕得像这个思想了。它在撕扯着我。在最不预料的时刻、任意的时刻来临。昨天我为我哥哥去拜访尤兰堡教授。得等待两三个小时，这些思索向我逼近。我忍不住哭了起来。幸而周围没人看见我（你大概担心这个情况）。我给你写信谈我自己，不是出于利己主义，而是要向你表明，我理解你为我写出的朴实的话所包含的意思（"现在没有人留在家里"）。我也不知道我为什么对你说起这件事。

你问我的印象如何。我已经提及唯一进入记忆的印象——庄稼地和波兰的乡村。其他没有什么留在我心里。出于某种原因，我不注意人。我不注意柏林。我想念西里西亚，想念一个小村庄，梦想和你在一起，牢记你的感觉和我一样。在庄稼地里漫步，我俩重又自由呼吸。你没有回应——这个想法对你没有吸引力；你不相信这是有可能的吗？这件事让我想起我俩的财务状况：我的钱仅仅够我支持到月初（也许还剩下几个马克），因为我得花不少钱买牛奶（一天一升，晚餐是三个鸡蛋）；另外，邮费花得不少

(……)。

你错误地认为勋朗克会随时闯到我这儿来。我告诉过他,没有书面通知不得来访。我的房间看起来多多少少像在苏黎世那间,少一张床和床头小桌。角落里的水盆几乎看不见,家居雅致,一架大钢琴,地板整理得很好,瑞士风格的。对着花园的是一个长满藤蔓的阳台,有一个小桌和两三把椅子。等图书和贝多芬到达,我就可以接待亲朋好友了(有一个吊灯和一个写字台)。

现在说几句闲话。普拉特[1]在她的文学课程里推荐了我的一篇文章(表姐告诉我的,她是听格拉斯伯格说的)。

帕尔乌斯请我到德累斯顿去(他又在报纸上发动一场革命)。我回信说现在我去不了,他可以到这儿来(在这里他对我的帮助会大得多,可以把我介绍给莱德布尔[2],等等)。

加尼林在柏林定居,阿勃拉莫维奇在莫斯科被捕。[3]哼,这些杂事我厌烦了。我情愿说你和我的事。我不能想象你怎么能够忍受在科勒[4]女生宿舍居住。我不能容忍她,甚至讨厌想到她。当然,她对你是完全不同的。

---

1 尤利乌斯·普拉特,苏黎世大学政治科学教授。
2 格奥尔格·莱德布尔,德国社会民主党领导成员,属于《前进报》编辑部,《萨克森人民报》主编。
3 所罗门·加尼林和拉契拉·阿勃拉莫维奇,俄国革命者。
4 科勒夫人,姚吉切斯在苏黎世的房东。

你是怎么考虑俄国的新"党"[1]的？自然是和我一样；一群恶棍，却竟然做到了！但是，他们并没有在报纸上挑起他们肯定期待的事端。时间不够巧合。《新时代》将会追随他，用阿克塞尔罗德[2]的"没有发表的言论"和"未经思考的思想"。我订了《前进报》；你能收到《小共和国》吗？能不能寄给我看看？我很想看看法文的出版物。

我认真地问你，你一整天都做什么事，因为我记得那些讨人厌的校样。唉，你不能解脱我的枷锁。但是这是最后的，这次校对之后，你就会享有自己的时间了。你一定不再去大学了，是吧？从现在起，我要开始一个规定好的日程。我把书拿到图书馆外面（库诺·菲舍等人），每天按时阅读。别忘了寄来加斯佩和意大利语语法。因为校样，你也忘了吃饭吗？太可怕了，你一定又黑又瘦吧。我最亲爱的爱人，振作起来，多吃，按时，好吧？我的大宝，告诉我你都做什么呢！！要去散步！在苏黎世，你可以散步走到很远的地方，可是我能往哪儿走呢？在有臭味的街道上，或者那个愚蠢的动物园，那儿挤满了奶妈和婴儿，到那儿去吗，啊？幸运的

---

[1] 俄国社会民主工党1898年3月在明斯克举行第一次代表大会。第二次代表大会（1903）在布鲁塞尔和伦敦召开，分裂成布尔什维克派和孟什维克派。列宁领导了俄国社会民主工党（布尔什维克派），1918年，他创建了俄国共产党；1925年以后成为全联盟共产党（布尔什维克派），1952年以后称为苏联共产党。

[2] 帕维尔·阿克塞尔罗德（1850—1928），俄国社会民主党早期领袖，支持孟什维克派。在瑞士过流亡生活。

是，清新空气从花园吹进来。天晚了，我得去寄信。[1] 立即回信，告诉我说，你不会再跟我闹别扭了。

你的 罗

你的国籍怎么样了?!! 怎么不回答这个问题呀?

---

[1] 1899年9月14日，卢森堡信告姚吉切斯："不要每封信结尾都写上'我得赶快去邮局'，太讨厌了。"

信 13

（柏林）星期一（1898年6月27日）

叨叨杜什卡，我的小金宝，刚收到你措辞严厉的明信片，都是责备的话。现在你一定收到了我的长信，一定领会到你对我是多么不公正——这一点安慰了我。但是这个明信片破坏了我的情绪，所以我得放下书报，给你写信。

最可爱的宝贝，你怎么能够这么不讲理呢？怎么能够这样对我说话？你精神失常了吗？你伤害我太厉害了。不过没关系，我写信，反正是准备要写的。

你是否知道对于我来说写信告诉你我是怎么想的、有什么感觉——为什么这样艰难呢？我在上次信里说的话——我感到了无生气——是不准确的。昨天我散步的时候明白了这个道理。这就是：我们一生的生活方式受到工作的很大影响，无论我愿意与否，我个人的印象对于我已经变得几乎没有意义。我的心理状态不重要。实际上，这些状态的存在几乎令人烦恼。我不想感受这些状态，遑论下笔描写。本能地，对我来说，重要的是行动和结果。

我觉得，最有可能的是我有错，但是看来这一切都和你有关，其余的一切都是魔鬼的工作。也许我抱怨过的、迟至昨日才理解的死寂，是这样的精神状态造成的；也许这单纯地就是对全部个人情绪的厌恶和藐视，对于只有有效结果的确认。我不感到惊奇。说到底，咱们的生活——除了其他的一切——是一向受到对于结果的欲求和期待的驱使，所以我很容易受到它的影响。

还有一件更重要的事：在这里，我感到气闷。你如果在这儿，如果咱俩在一起，我的生活就会正常，而且很可能我会喜欢柏林，在动物园里的散步也会让我感到喜悦。现在呢，说实话，我没有什么愉快的感觉。阴天下雨或者阳光亮丽，对于我没有丝毫的区别。我在街道上走，根本不注意橱窗和行人。在家里，我想到的都是该做的事，该写的信，就寝和起床都是一样的冷漠。话都说了，该做的都做了，真实的原因很简单——你不在这儿。我觉得有隔阂，对于一切人和一切的事，都是陌生的。但是，再说一遍，我说的是我自己，我想要描写的是你。

小宝叼叼，我得承认，你最近的修改给我十分深刻的印象，恭请你原谅我发火。事实就是，你发现了很多重要的错误。但是惹我生气的事也有：你不吃饭、不睡觉，真像进了疯人院。

我已经写好给《莱比锡工人报》的文章。效果不错，这个题目我谈得透彻，整篇文章语气均衡。还没有寄出去，因为我还没有具体的数字。没有寄给你，因为：(1)抄写12页很麻烦；(2)你不能及时给我寄回来，我不能延迟，因为对选举结果评论不应该在选举之后很久才出现。我希望明天得到数字；我向温特要数字，他从奥地利捎信来说，他在短期休假，会把数字给我。

我反复提出关于你国籍的问题，怎么不回答呢？你要是不给我一个明确的答复，我可要不客气了。我在这儿的关系，和你在苏黎世一样多，这就是我的女房东。我谁都不认识。不想去拜访克拉森一家。烦人，表妹还是个小姑娘，忙她自己的事，所以一天就我一个人。但是这孤寂，我却乐在其中。除了你，我不需要别人陪伴。你总是说想着人民，我需要有人陪伴。你可以看见，见了人我是不怎么理睬的。我甚至感觉不喜欢看见伊勒尔女士[1]，虽然我得见她，还有，我也不想见帕尔乌斯，可是还得见。我不想和什么人谈话，或者离开我的住处。(……)

我姐姐很快来看我。忘了是否告诉过你尤焦的文章得奖（奖金300银卢布），他参加了华沙医学学会竞赛。我高兴得很呢。他也为《柏林医学周刊》写了一篇文章，所以说我去访问了编辑尤伦堡。

---

1 艾玛·伊勒尔在1886年组织社会主义妇女运动。1889年创建《妇女工人报》，接着创办《平等报》，后来的编辑是克拉拉·蔡特金。

我感觉我应该前往莱比锡去催促洪布洛特：(1)关于以书籍形式发表博士论文的事（他没有回答，我不便写信再问，尤其是因为在近期的清样封面，他不停地闪烁其词）；(2)关于 Materialien（德语：资料），等等。但是我不能断定我必须到那儿去，而且我真的没有这份精力了。也许我应该去，花销不很大。我关心书的出版——如果拖延到秋天，那就是灾难性的，还有，这个恶棍一提起这本书就说"一篇博士论文"，我得到那儿去，把这件事了了。至于 Materialien，就连在信里我也不愿意提起它，完全是无的放矢。见面谈谈是完全不一样的。去呢，还是不去？我必须在明天做出决定，不然就太晚了。我害怕这次旅行，得在火车上费一个小时。

住在这间小屋里，我感觉舒适。我把所有的东西都搬动了，看着十分好看，特别是阳台。我本能地用你的眼光来审视一切。我努力猜想你会怎样安排一切，把什么放在什么地方。你什么时候来看看啊？！快快回信！！我亲吻你的鼻子、你的小嘴儿。

你的 罗

信 14

（柏林）（1898年7月2日）

叨叨，你是不是糊涂啦，我脑子里塞满了伯恩斯坦问题，你还问"我爱你吗？"一句话，爱，爱，爱。就是爱你，是啊，也"有点热情"。就因为有这"点"爱情，我要给你写信，你等着。你不在我控制范围之内，算你幸运。

谢谢寄钱来，今天到的。立即还了奥尔的一笔。洪布洛特沉默，显然忙着印刷。还没有收到尤焦的钱。你对我的（德语）语言水平担心，是绝对不必要的，你是在完全可以接受的习惯用语里挑毛病啊。我请勋朗克修改我的德文——等着瞧吧，他一个字也不会改的。

明天我会收到我的文章，立即给你寄去——看见印刷成品，你会更喜欢的。勋朗克立即回信，提醒我哈姆雷特身材敦实。我简洁作答，用以往的语调，说，虽然我不知道他辩论起来能不能像王子，我却不怀疑他的剑术和他一样。

现在，最重要的是——伯恩斯坦。虽然我对全文有一个很好的设想，但是我并不感觉稍好一点，因为我也看到了巨大的困难。我制订了一个极好的大纲。有两个困难的问题：

（1）论述危机；（2）证明资本主义无疑要灭亡。必须证实这一点，但是这就得为科学社会主义写一篇新的、简洁的论据。需要帮助，看在上天的份上，请帮助！速度最重要，因为：（1）如果有人赶在咱们的前头，整个工作就前功尽弃；（2）润色需要很多时间。咱们开始得很好。我在苏黎世写的几篇是咱们需要的（半成品，当然）——如果我知道要写什么，形式便立刻呈现，我有深刻的感受。这是我的重大需要，为这样的一篇文章，我不怕辛劳……

但是上帝保佑，寄来《新时代》！我不知道他们在说什么！（……）

还有一个请求。在苏黎世，我搁置了《俄国财经新闻》，撕下来的几页，有铅笔的标号，全是关于美国和卡特尔危机的。忘了放在哪儿了，但是我需要它。这几期是：1897年22期，论石油托拉斯；同一期还有一篇关于奥地利钢铁卡特尔的文章；1893年52期，关于同一个石油托拉斯的；1893年52期，关于美国危机的；1895年13期，同一个问题。如果你找得到，看一眼，立即寄来，求你了。

我最亲爱的宝贝，给瓦尔斯基写信，我发誓，我不能写。我没有去莱比锡。帕尔乌斯和我不断地彼此邀请，没用。我收到了《萨克森工人报》。

亲你的小嘴

罗莎

我最亲爱的男孩劳驾把我的书寄来可以吗？！还有莫姆森。

信 15

（柏林）（1898年7月10日）

小叮叮宝宝，我的金宝！我患有严重的偏头痛，嗓子觉得堵住了，几乎无法写字，必须简短！你上一个明信片击中了我，很厉害——突然之间，一个刺耳的声音破坏了和谐！我确信我的小礼物确实能够讨你的喜欢，这仅仅是我要让你愉快的深厚愿望的一个象征物。可是，瞧这结果！虽然在那些片段般的、杂乱的信文里我表示爱你，虽然我总是想着你，把清样寄给你，虽然凭巧合，在你的生日到达——却都没有好结果！[1] "形式"——这个形式才算数！正式的生日愿望；只有这个重要！我运气不好，我想着你会在19日收到（姚吉切斯的生日是18日）。多么死板，对于另外一个人情感的误解多么怪异，多么讨厌的语调！你可能以为你说的话"你知道我

---

[1] 多年以后，在1916年，卢森堡在给路易丝·考茨基的信里提及她塞给姚吉切斯的另外一件礼物的事："……我给莱奥寄去（特纳）收藏品中的一帧优美的绘画……收到一个回信……表示感谢，拒绝接受——这等于'野蛮行为'——这一帧画必须归还给那一组收藏、真诚的莱奥，对不对！……他不懂得'怎样爱……'"罗莎·卢森堡，《致卡尔和路易丝·考茨基书信》，路易丝·考茨基编辑（柏林：劳伯出版社，1923），页193。

不喜欢礼物"是无限聪明的,但是,这话十分蠢笨。我什么时候才能把你变得好一点呢,什么时候才能撕碎你的这种让人讨厌死了的火气呢?

顺便说一句,不阅读我的"朋友"勋朗克和布伦斯的来信,加上评语"太长,看不完",而原样邮寄退回来,是十分不得体的。显然,在这件事上,你以为你做出了 un très beau geste(法语:一个十分优美的姿态),但是我来告诉你,你这样的行为是粗野的。在这儿,我原本想要和你分享这些信件,以纯粹个人的方式评论这些人,和你分享我的种种印象。你的反应不应该像小说里的一个"高尚的丈夫"那样,他把妻子崇拜者们的来信都退还给妻子,不看,来证明他是超越了善与恶的。但是,按照我们自己习惯的、直截了当的方式,你应该读这些信件,思考一番,写信告诉我你的印象。我为什么想到了这一层呢?因为他们两个人,特别是勋朗克,每隔一天就给我写一封很长的、令人感兴趣的信。但是没有人分享我的思想。我来告诉你充当德国人的含义吧。在最近的一封信里,布伦斯直言不讳地信告,因为他的妻子,他一败涂地。他说,如果他接受了我的影响,他会做出一些成绩来的。这是一个几乎四十岁的人说的话!他们是和咱们完全不一样的人。另外一方面,勋朗克则是十分精明、很有教养的。我和他的通信遵循了我定下的调子,部分的是学术,部分的是沙龙:我和他讨论康德和其他事物(我和他都没有阅读过康德，你会迫不及待地补充说，你这个坏心眼的东西）。

你感觉羞辱，在我眼里你是不体面的，这是报应。也好。现在来谈谈严肃的事。洪布洛特把论文寄给了你。把它交给吕戈尔，订购文凭，我给你寄钱去。洪布洛特的账号是162.50和33，用于评审费。适中，对不？他甚至为账单数额大而抱歉。我寄去这本书的十七本中的两本，还有一本分别寄给塞德尔。书本看着好看，是不是？你又要拿我开玩笑，但是我得承认，打开包裹的时候，我的心跳得厉害，脸色发红。

我现在工作很大胆。和帕尔乌斯安排事务很顺利；我为他写短文像你所看到的，谈波兰、法国和比利时。他们资助我订阅杂志——每季度30马克。当然，这是稿酬之外附加的。明天我要去订《小共和国》和《人民》。写一篇要费我一个小时的时间，我计划上午按时读报和写作。我写得很快，抄写誊清稿子然后寄出（让人一天发疯似的赶忙三次）。月底有 Geld（德语：金子）。帕尔乌斯高兴。不用说，他对我连续提出要求，"同时也写英国、意大利和土耳其吧"，我只好笑而不答。

从《莱比锡人民报》那里也许会得到某些益处（长期保存的东西）。我为它工作了最近这三整天（太忙，没有给你写信的原因就在这儿）。我有了他们的消息就给你写信，几天以后。看！投出了一个诱饵！……夜里我继续写关于伯恩斯坦的文章，麻烦，累赘，多么难的一件事啊。唉，脑袋都快裂开了。告诉我还应该把书寄给谁。我给你寄去清样稿,你可真是枯燥到家了。不要再拿什么抵制来威胁我,行不行嘛?你等着!我非得把你这些(字迹不清)治好。

但是,我还没有给你寄出韦伯斯的书。今天收到了《新时代》。给奥尔寄去54马克。我姐姐过几天来,也许还有尤焦和他妻子,带着孩子(他应邀参加在波兹南召开的波兰医生会议,而且,身为获奖者,要发表演讲,但是,你大概从报纸上得知,"外国人"是不得接待的,但是会议打破了这个规定)。你要做的事,我都做,我不和我家里挑明咱们的事。我妹妹给我带来一件衣服。哎哟,哎哟,又头疼了。从你的明信片里我知道你正在做论文。我说得对吧?说点鼓励我的话,文章怎么样了,都告诉我。主题是什么?等等。赫尔克纳(教授)怎么样?你知道,沃尔夫那个白痴(教授)在我上次见他的时候,纠缠着叫我为他写点东西。他抖搂出来的都是咱们塞给他的智慧,现在依然和以前一样愚蠢。他可能对你使用另外一套办法。

你给瓦尔斯基写信了吗?我没有,连一个字也没写。我知道我懒,但是我不能写。我得打住,头疼得我都感觉恶心了。

我想知道,看了这封信你是否悔改了,立即回信!

我不亲吻你鼻子,什么也不吻

罗

明信片 16

（柏林）（1898年8月22日）

我最亲爱的，我最爱的，我和气善良的宝宝！我还没有回复你的痛骂哩！因为我虚弱，不能生气。现在你故作善良之状，但是你一直发火，我永远也不能原谅你，因为我确信即使咱俩一起生活一个星期，你又会发脾气的。我扪心自问好几次——但是，不幸，我不能原谅你，现在我报复不了你，但是我不会忘记。

我虚弱极了，部分原因是一般的身体原因——只有你才行，才能让我感觉好些。但是我正努力打起精神来，慢慢恢复。不知道为什么，我不能用书面语言写出我要跟你说的一切，事儿太多了。现在我是个十分严肃的人，一直在多方面考虑你的生活和我的生活。我太虚弱了，钢笔都从手指头中间滑掉了。给你写完一个明信片之后，我似乎气息奄奄，必须节省余下的精力做关于伯恩斯坦的事。昨天完成了初稿，现在正努力润色。正在阅读韦伯斯的书，在那里找到一些资料。我觉得，凭借再多些的工作，从这部初稿中是可以做出出色的成绩的。但是我必须对它加工，再加工。为你写一个大纲和总结是件厌烦的事，没有什么意思。我要尽快整理全书，使之面目喜人，把全稿邮寄给你。我知道你会立即抓住主要脉络，加上最后的润色笔触。说到底，我越多依靠自己，越好。面对全世界，我戴上属于你的花冠感到羞耻，但是你对于我已经完成的著作的帮助依然保持在尊严的范围之内。

温特寄来了《卡托维茨报》。《人人日志》转载自利沃夫的《波兰言论报》。在《声音》上有一个段落——他们很快要发表一篇很长的评论。[1]

吻你

---

[1] 卢森堡《波兰工业的发展》出版后的评论和注释。

信 17

（柏林）（1998年9月2日）

我亲爱的叼叼！我是躺在床上写字的，或者说依偎在沙发上，起不来，站不起来，甚至吃不了东西，已经一连五天了。今天我觉得好了些，能喝掺了牛奶的茶，希望很快好起来。我用不着告诉你我的工作被打断我心里有多么恼怒。舍尔曼[1]每天来"治疗"，就是说，她送药来（我假装服用）。

虽然写字费劲，我还是要利用这"自由"时间写一封长信。我收到了汇款，要省下40马克，或者把它花在一件外套和一双鞋上，你如果能够为我补贴这一点的话。

首先，说一下住到一起的事。你怎么认为如果我现在能够去和你住在一起，"我本来可以一个月以前就做到"是一个难解的谜。和以前一样，我"现在"来不了，就是说，立即，因为我父亲的情况。现在和以前一样，我不能拒绝看望他。如果你能在两个星期以后到这儿来的话，像我提议的那样，在这一期间，我就能够看望父亲（反正你不可能提前做好准

---

[1] 舍尔曼，居住在柏林的一位俄国女革命家。

备，因为你那些事;那些事，顺便说一句啊，我是不明白的）。我不能那样安排父亲的事，我的宝贝，因为他也很忙。还有，我上一封信，他到现在也不回信：我在信里说，请他推迟几个星期来访（一方面考虑我的工作，另一方面希望你到这儿来）。他生气了还是怎么的，我不得而知——明天再去信吧。

你无法想象这一切给我带来的麻烦。不久之前，尤焦和妻子到这儿来了。你试想一下，假设他们在这儿没有找到我，会怎么样！如果在回程中他们找不到我会怎么样？我必须装模作样地暗示他们要接受我的生活安排。第一，父亲要我立即邀请他们的时候，我正巧非常忙碌。接着，尤焦要我和他一起去威斯巴登度假，我恰恰是不能够放假。突如其来地我得去瑞士度假！他们是怎么想的呀！？我得安排我的旅行，让他们看不出来。这就是我必须等尤焦返程回到这里的原因，是在三个星期以后。对你来说，当然，这都算不了什么！但是我一点也不能怠慢他们，就因为他们不干涉我做的事（他们没有人敢问我怎么得到德国居住证的！）。

你看，如果你到这儿来了，一切就会顺利的。你用不着说"控制"市政府当局的故事开玩笑。这意思，我从维吉斯那儿知道了。在这儿你不需要什么文件——**魏玛会绝对自由的**——这是我写的内容，这是一个事实，你用不着费脑子，想比我更好地了解情况。现在看出来，你也有一些慕尼黑文件，那么，问题是什么呢？"控制"什么呢？Mais c'est drole, mon cher（法语：但是，这是滑稽的），你控制的事，和我在这儿控制的一样多。

即使到了现在，我也不能离开比较长的时间。我怎么得到报纸，写文章，有谁知道，而且，过一个月，业务即将正式开始，所以我应该在这儿。但是这不再是重要的了，因为我要在党的大会期间前往斯图加特，所以我到那儿去比你到这儿来，对我更有意义。但是我再说一遍，我只能在大约三个星期之后做出安排。如果你想来，你可以立即到这儿来，但是斯图加特怎么安排？不知道。我到那儿去可能没有收获，也许讨论甚至都不会开始，但是，如果不去，却是有风险的！

我不坚持我俩在慕尼黑见面。我想，你是最喜欢那样的（音乐会、画廊等）。我不明白，你为什么总是躲避瓦尔斯基一家人。继续在他们面前装扮我俩的关系，就不仅是一种夸张做法了；干脆就是弄虚作假。至于和他们聚会，我倒是期待见到他们。你知道，我最喜欢和你一起去访问亲友，或者让他们来看我俩。施慕伊洛夫一家没有什么问题，他们住在城外乡下。但是，我告诉过你，我不坚持慕尼黑。说实话，我也不愿意去乡下。什么为了你的健康和精神你需要乡下，不过是你的想象而已。在这儿，在柏林，我已经变得十倍深信不疑，这都是一套无聊的见解。在拥挤的城市，不过几个星期，我就恢复了健康和平衡，而在维吉斯我总是体重减轻，变得萎靡，你也一样。良好的健康取决于一个人的生活方式和内心的平和，而不在于什么城市啦乡下啦什么的。其次，秋天正在到来，阴雨连绵，清清冷冷，正是乡下难熬的时期。但是，决定得由着你做出。我只有一个保留要求：我的宝贝，去哪儿都好，就是不要去瑞士！频繁变换环境的做法损害我的神经，而且，在我的思想里瑞士总是和一种空虚的、令人惊愕的感觉联系在一起。如果换成完全不同的情况，我倒是愿意返回那里的。你为什么不在巴伐利亚和斯瓦比亚挑一个地点去呢？

现在谈谈业务。你为什么要求《社会主义月刊》呢！怪了。你不去看看《阅读联合会》(Leseverein)？那儿有。等我感觉好一点，我一定寄去。我没有《科隆报》，只要我卧床，就得不到。我问过勋朗克哪一期刊登了（对卢森堡著作的）评论，可是他忘了告诉我。至于你说我应该"指挥他的笔杆子"的忠告，这是绝对不可能的。这不是拘泥虚礼的问题，而是是否合适、什么时候合适的问题。对于勋朗克，是不合适的。在他的眼里，我无缘无故地自讨没趣。在业务方面，他让人看不透，这头牲口。但是我希望他的评论对咱俩有益，因为他老练，知道我需要什么，同意我俩的观点。不过，事后他告诉我他写了评论，要尽快发表。

至于饶莱斯[1]，我让乌尔巴赫[2]采取主动，因为他十分想要诓骗饶莱斯就我的著作写一篇谈波兰问题的社论。我也要催促他，但不是在现在，因为，第一，饶莱斯不在巴黎；第二，因为大家都卷入了德雷福斯事件，其他的事都搁置起来了。等这场风暴吹过去，我就敲打乌尔巴赫，整一整饶莱斯。同时，乌尔巴赫如果不冷静下来，我就给他去信。

我当然不喜欢你告诉我在你不在的时候不要买外套，因为我买的都是"鬼才知道的什么东西"。这正是我不让你做的，不要总是管女人们的杂事。如果我们能各自在政治舞台上单独地表演，这种独立性必须扩大到购买外套一事。我对自己趣味的评价还是不错的；更可以说，感觉有相当的信心。喂，有人告诉过你什么是常识吗？

你弟弟能到巴伐利亚来吗？——乌尔巴赫会给我寄来《社会义务》。我没有收到《社会主义者》，不过那是垃圾，别人从来没有提及，从来不刊载适时的文章。

我要带着我参加讨论用的文章。你别再责备我啦，好吗？我得搁笔了，血液直往头上冲。我想我回答了你全部的问题。

温柔地亲吻你

你的　罗

1　让·饶莱斯（1859—1914），哲学教授，法国社会主义者领袖，社会主义国际领袖；1904年《人道报》创办者。1914年7月31日被一个民族主义者暗杀。
2　伊格纳奇·乌尔巴赫，流亡中的一位波兰社会主义者。

明信片 18

（柏林）（1898年9月6日）

叨叨牛牛，亲爱的！今天本来要给你写一封长信，可是弗瓦戴克·奥尔舍夫斯基来了，明天到慕尼黑去（他在弗罗茨瓦夫的时候被驱逐出了普鲁士）。

我自然想要尽可能多陪陪这个可怜的人。

当然，我会到苏黎世去，一点问题也没有，和你在一起，在哪儿都好。

古特和海因里希通信呢！今天给你寄去《社会主义月刊》和《社会义务》。

我拥抱你

你的 罗

信 19

（柏林）（1898年9月10日）

我的大金宝，我昨天晚上收到你的来信。你有两个资助人，很好（出乎意外！塞德尔还没有做什么事，就写信给我谈他的优良事迹）。你现在到这儿来的计划看起来比我去苏黎世还不好。尤焦一家人随时驾到，也许要逗留一整个星期（他妻子要给孩子雇一个保姆，这样她就可以去逛商店买东西）。因为他们整天在我这里晃悠，你还是消失在稀薄空气里吧。更糟糕的是，他们要住在我隔壁的那间房子里，以前他们在那儿住过。我想让你住这间屋子的嘛——这是咱俩享有一点私密的唯一空间啊。

即使我让你住在这间屋子里，他们来的时候你藏起来，我也还是堵不住这个女房东的嘴。你能够想象，如果她对他们提起你来，会出现什么样的场面（注意：他们不断地刺激我，问我为什么还不结婚——我想，是担心我凑合着订婚了。他们含沙射影地问到你）。现在，如果你赶在他们到来之前来到，他们必定会发现你，如果你消失，他们会急着忙着找出形形色色的结论。他们到访的一个星期，对咱们是个浪费，你想想就明白，如果咱俩忙着见面，就什么收获也没有。

当然，我高兴你到我这儿来，而不是我去当你的客人。而且，我真的担心火车旅行，但是我情愿如此，省得让你藏藏躲躲的。还有一件事：不管你在哪儿逗留，也是绝对不可能掩饰你每日的来访，避开房东女儿的眼目的。这个小丫头子当我们家庭的保姆去（华沙），她熟悉我姐姐，你自然知道我是不能要求她对我姐姐提起你的。可恶！咱俩一起度夏的计划让我想起在 Gartenlaube（德语：园圃小屋）的情爱：Traume sind Schaume oder stlle Liebe mit Hindernissen（德语：梦幻是阴影，或者遭遇障碍的秘密爱情）。

我甚至计划和你聚会一个多月。打算花不少的时间和你一起草拟两个演说稿带回来，在这儿就不必再费时间写作了。同时，你也不会错过这学期的开始。我对苏黎世的厌恶，不会搅扰你的。全部的时间我俩都在一块儿，我哪儿还有心思管什么苏黎世。每天和你一起到苏黎世贝格去散步，再美好不过啦。立即回信，告诉我你做了什么决定。

你在信里说男爵[1]"应该受到教训。"但是，怎么教训呢？我给你寄去了《社会义务》，目的就是告诉你怎么教训！得寄回来，因为我必须还给可怜的乌尔巴赫；这不是他的刊物（我要抄写这两页）。这篇文章肯定给他们（波兰社会党）深刻印

---

[1] 指卡吉米日·凯勒斯-克劳茨，社会学家和哲学家，波兰社会党的杰出成员。

象，对吗？显然，因为是我写的，而令他们鲜血沸腾。我寄给你最后一期的《工人日志》。我来到德国以后，这是对我的第一次攻击。看在神的份上，告诉我：我该怎么对付这些污秽的猪？给他们写信——这是白费力气！给《前进报》写信吗？在《前进报》上，我已不能和他们罢休。第二，开始另一场的恶斗，我感到厌恶至极。而且，最后，他们发表吗？我可以去找执行委员会，但是我觉得这样做就像吞咽蓖麻油。所以，快写信来。我该怎么办呀？

《莱比锡人民报》要求我写一篇对伊萨耶夫《财政部》的评论，已经寄给我一期。看来我得接受（勋朗克几次催我快些）。他仍然没有发表对我的著作的评论。我收到了《科隆报》，现在寄给你。一派胡言。勋朗克可能没有想到这份报纸，或者他犯了一个错误——我得问问他。我现在感觉好多了，最近三天每天都出去。女房东的女儿是一个优秀的保姆，很快我就全好了。

热烈拥抱你，等待你的回答

罗莎

明信片 20

（柏林）（1898年9月25日）

我又是刚从德累斯顿回来，发电报告诉了你，我的金宝，我接受了编辑职位。[1] 我忙得不可开交，甚至不能梦想写一封长信。明天我必须会见梅林[2]、施塔特哈根[3]、施佩尔[4]等人，向他们征文。他们会为我写的，不然我要抓住他们的脖子。如果我能做到，这个星期我要回德累斯顿召集一个公开的会议，向群众介绍我自己。同时我还得准备在斯图加特的两个演讲，也许后天顺便到各个编辑部办公室看看。我在《莱比锡人民报》上发表的文章大获成功。帕尔乌斯要发电报祝贺，克拉拉·蔡特金[5]给勋朗克写信，等于一首赞歌，说："勇敢的罗

---

1 卢森堡担任《萨克森工人报》编辑直到1898年11月。她接受这个工作，却遭到姚吉切斯的严厉反对；他得知这个工作之时，从苏黎世打电报："无条件放弃"。她辞职，被G.莱德布尔代替。
2 弗朗茨·梅林（1845—1919），杰出的历史学家，马克思传记作者，左翼社会民主主义者，德国共产党创建人之一，卢森堡最亲密的合作者之一。1910年在她和考茨基发生龃龉之后，梅林支持她极左的政策，这一政策的极点是创建"斯巴达克团"，亦即德国共产党的前身。
3 阿瑟·施塔特哈根，律师，《前进报》编委，德国社会民众党驻国会的代表。
4 马克斯·施佩尔，德国社会民主主义周刊《社会民主党人》编辑。
5 克拉拉·蔡特金（1857—1933），德国社会民主党妇女报纸《平等》编辑，德国共产党创始人之一。她是《列宁论妇女问题》的作者，和几部论社会主义和妇女权利著作的作者，1919年到1932年国会中的一个共产党员。她是卢森堡的一位亲密友人。

莎连续敲打伯恩斯坦这个面粉口袋，让面粉云团在空中升起。而且伯恩斯坦的学校的假发都飘飞而去，所以没有东西可以保留面粉！"这些文章影响了出版委员会（十七个成员）的决定；他们一致选举了我。卡登[1]大吼，什么？女人的政治吗？但是他们当着他的面大笑，后来他自己对我说，"是啊，你关于东方问题的文章很优秀。"饶莱斯接到我的书，说："Ah，c'est de Rosa Luxemburg！（法语：啊，这是罗莎·卢森堡的书啊！）"立即装在衣兜里。乌尔巴赫和他谈了，饶莱斯答应有空的时候尽快写一篇文章。我要从德累斯顿给他写信请他为《萨克森工人报》写一篇评论德雷福斯事件的文章。我要让塞德尔做好在瑞士的事。匆匆！我最爱的大宝宝！

你的　罗

---

[1] A.W.卡登，德国社会民主党的德累斯顿领袖人物。

信 21

（柏林）（1898年12月3日）

昨天我去了梅林家，回来后感到郁闷，深信我无事可做，只能坐下来写"一本大著作"。梅林像考茨基[1]一样，立即问我："你正在写一本大著作吗？"这个问题提出得十分认真，我觉得我"需要"写作这样的著作。好的，显然我看着像一个注定要写出一部伟大著作的人，我能够做到的，正是这总体的期待是真实可信的。你是否可能知道这部伟大的著作是什么呢？

我的大金宝，你如果放弃关于我访问倍倍尔和考茨基的报告，我将做出回报，提供我和梅林谈话的真实记录；有意思多了。就是说，首先，他数次重复我在编辑《萨克森工人

---

[1] 卡尔·约翰·考茨基（1854—1938），杰出的德国—奥地利社会主义者和马克思主义者，主导的理论家，社会主义国际的领袖人物，德国1917年独立社会民主党创始人之一。他反对伯恩斯坦，后来也反对列宁和布尔什维克主义。他和卢森堡的友谊（一如和倍倍尔的友谊，为他在德国社会民主党内部树立地位至关紧要）在1910年结束，因为卢森堡指控德国社会民主党为政治权宜之计而背叛"阶级利益"。她依然是考茨基妻子路易丝的挚友，虽然起初她感到恐惧（参见信38）。

报》中做出极好的工作，比帕尔乌斯好得多，"大家都看到报纸经过实实在在的编辑"，在我的编辑下，报纸处于最佳状态。他也对考茨基说了这番话。

其次，他和他妻子（我猜测还有其他老派人士）认为莱德布尔只是临时顶替我，深信我即将返回德累斯顿，然后施行我的专政。他们多可笑啊；我很惊奇，他们认为我返回是理所当然的。

3. 提到伯恩斯坦的时候，梅林对我说："在《莱比锡人民报》上你给了他一次痛快的批驳，我感觉很好。"

4. 梅林和其他人都不相信勋朗克的激进主义能够持续下去，他们都问我是什么使得他在斯图加特支持我们。

梅林深信，圣诞节之后，莱德布尔不会在德累斯顿主导很久，他实在是懒惰得出奇，每天非到中午才能来到办公室；他脾气太坏，和谁在一起工作都不可能超过几个星期；第三，作为理论家，他是外行，不知道怎么办好一个报纸。梅林了解他，因为他们曾经在《人民报》工作。

5. 在某一个点上，谈话涉及梅林拒绝为《萨克森工人报》撰稿之事。我坦率告诉了他我对这件事的看法。他诚恳地安抚我说，他简直不能同时为三种报纸工作。如果他知道我不是请他按时供稿，而是表达他团结支持的态度，他是会写几篇文章的。他说，如果我重新获得编辑职位，他肯定会供稿。我想这是全部情况。除此之外，我们还讨论了党的全部事务，分手的时候很友好。

我答应告诉你的有趣新闻是，几个星期以来，警察一直不断地监视我。最近几天，白天黑夜，都有两个便衣特务在门房附近闲逛，步步跟踪我。门房是一个以往的同志，一直秘密通告我。后来我感到厌腻得很，就直截了当去了警察局，见了中尉先生，把各种卡片放在桌子上。我说，假如这个伎俩不立即停止，我就去找文德海姆（柏林警察局长），要闹个天翻地覆。当然，中尉先生装模作样，说一点也不知道，但是第二天，特务们没了。梅林说，如果他们又探头探脑的，就在《前进报》上写一条消息，他们就会踪影全无。到底怎么回事呢？我猜这是一个看错人的案例。或者是他们把我看成了另外一个人，或者把什么人当成了我。无论如何，我警惕起来了，我烧毁了书信，登记，检验了各种文件。大概这事告一段落了（……）。

昨天我收到了汇款，80马克，希望上帝保佑这是我最后一次接受你的汇款了。（……）

我的身体依然十分虚弱，虽然我细心照料自己，我还是一天能睡二十个小时。

写信说说你自己的事，多写。（……）

吻你一千次，你的　罗

下次信，我要告诉你详情，让你能够帮助我。

信 22

（柏林）星期日（1899年1月22日）

我亲爱的叼叼！我等啊等啊等你答应要写的信，但是收到这封短信的时候好几天都不想写回信了，甚至现在也不愿意动笔。我在苏黎世就告诉过你多次，我发现你对俄国革命的整个态度又可怕、又讨厌。到最后，还是得面对事实，呆呆地枯坐和乱抓乱打乱批评是没有意义的。我可不喜欢你把每一个想要向你示好的俄国人踢走的派头。我们可以抵制或者"惩罚"一些人，一个集团，但不是整个的运动。对于一位坚强的、精神高超的人，你的行为是不得体的——只适用于"屡战屡败的人"，像克里切夫斯基。我不告诉你全部这些事，因为你的评论；你评论我参与俄国革命的倾向，这个做法弄得我心灰意懒。我不同意你的观点，但是这件事太琐碎，不谈也罢。就我个人而言，整个的俄国革命，我都不屑一顾。我倒认为那些关系对你可能是有用的。当然，如果你愿意卷入的话。你抱怨说他们不来求你，这简直可笑，你给我写信的时候，你肯定是知道的。凡是拜访你的人得到的接待都死守一条原则：嘲弄，"啐一口，打个嘴巴"——你自己说的。

你还怎么期望他们去投奔你？

至于他们的设想——你和我已经分道扬镳——你绝对错了。因为我已经和希尔曼等人谈到过你，说明了你我的关系，让他们都一清二楚（例如，希尔曼就知道在德累斯顿你是和我住在一起的）。

说到把希尔曼"从这个环境里"请出来，那得请你原谅我说：在我给予她一个更好的工作之前，我对她的"启蒙"大概是把她从革命里拽出来。对于她来说最好的是做点实事，无论多么细小和琐碎，也比成天嘲笑别人好。这种启蒙，人应该留给自己，不必引诱别人。还有，你似乎忘了："凡是让一个德国人兴旺的事，都令一个俄国人牢骚满腹。"你知道你为什么嘲笑"同盟"（国外俄国社会民主党人同盟），但是，如果向希尔曼或者菲尔尤科夫这样做，他们立即就会情绪低落。所以说，我很不愿意让这些小人物加入幕后发生的事，特别是因为我说过，我不可能给他们提供什么好工作。

原谅我写出这些事。也许会惹恼你，让你生气，但是，这一回，我也是要对你说明实情。好好想一想，你会承认我是对的。你采取的立场，多年来你顽固坚持的立场，简直是低于你的尊严的。具有你这种身份的人不该如此。正是为了贬低他们，我才赞扬他们做的每件事，而不是一坐稳就开口批评。我再说一句，让咱俩之间消除误解：我告诉你这一切，不是为我参加这整个的"革命"辩护，我不在乎这个革命，但是仅仅是因为你对"革命"的态度。(……)

我怎么没有收到你的信啊?用不着等我的信,想写的时候就写吧。我可是等着你的书信呢!!

我热烈拥抱你,亲吻你

你的罗

信 23

（柏林）（1899年3月6日）

我亲爱的，可、可、可爱的叨叨！收到你最可爱的信，亲吻你一千次，也是为期待收到的生日礼物。[1]今年礼物很多。真正的丰收之角。你想想看——勋朗克赠十四卷的豪华版的《歌德全集》。加上你的书，成了一个图书馆啦。我女房东得再给我一个书架。你想象不出来你的礼物让我多么高兴。罗德贝图斯是我喜欢的经济学家。我会一遍一遍地反复阅读，为了精神的愉快。我感觉这不是我得到的一本书，而是一座庄园、一幢房屋或者一块土地。等咱们全部的图书都搬到这儿来，咱们就有一个可观的图书馆，等最后定居下来，咱们一定要购买玻璃书橱。

我的大金宝，我最亲爱的，你的信让我多高兴啊。我读这封信，一读再读，从头到尾。至少六次。是啊，你对我真正是满意的！你写道，也许，在深处，我知道有一个叫叨叨的男人属于我！你，你知道不知道我做每一件事的时候，心里都是想着你的。总是这样的。写一篇文章的时候，第一个

---

1 3月5日是卢森堡二十九岁生日。

念头就是文章得让你欣喜。而在我怀疑自己力量和不能工作的日子里,有一个思想老是纠缠我:这对你有什么影响?我能让你气馁吗?让你失望?成功的证明,比如考茨基的这封来信,我只看作是对你的精神支持。我告诉你心里话,我自己不在乎考茨基这封信。我欣喜,因为我是用你的眼光阅读、感受到了你的愉快的。所以我才迫不及待地盼着看到你的回应(也许明天和书一起送到,双重的愉快)。

为了得到内心的平静,我只需要一件事:看到你的生活、看到咱俩的关系确定下来。在这里,我很快就会进入强有力的精神状态,我俩就能够安安静静地在一起生活,公开地,作为夫妻生活!我相信你是理解的。我很高兴,你的公民身份终于几近解决,你的博士学位接近完成。[1] 在你近来的几封信中,我感受到了你对工作的良好情绪。事实上,在施佩尔竞选中,你的书信每天都激励着我的思考,而在你最近一封信中,你为我的文章提供了一篇完整的材料,像一粒珍珠突出——关于工人"救济"效果的资料,我是逐字从你的来信中翻译出来的。[2]

---

[1] 姚吉切斯基始终没有获得博士学位。

[2] 卢森堡的"军事和军国主义"系列文章在1899年2月的《莱比锡人民报》发表,对施佩尔"有利于现存军事系统的……十字军讨伐……"的言论展开批驳。卢森堡写道:"……对于资本来说,军国主义乃是最重要的投资方式之一;从资本的观点来看,军国主义的确是一种放松……"(但不是"从工人的观点来看")。

你不知道，我看到和赏识的一点是：听到"号角声"你就立即站在我这一方面，帮助、鼓励我工作，这时候那些责备和我的"忽略"全都跑到九霄云外！……你难以想象，我是怀着何等急切的心情等待你的来信的。我知道每一封信都会带给我继续前进的力量和喜悦、支持和鼓励。

你信里有一段让我最高兴了，你说，我俩都还年轻，能够安排我俩自己的生活。噢，叮叮，我的大金宝哟，你能信守诺言！……我俩自己的小住宅，我俩自己的舒适家具，我俩自己的图书馆；安静而规律的工作，一起散步，隔一段时间欣赏一部歌剧，一个很小、很小的朋友圈子，可以偶尔邀请他们来共进晚餐；每年在乡村里度过暑假，一个月绝对不工作！……还有，也许，甚至有一个小孩，很小的婴儿？这一点永远不得应允吗？不行吗？叮叮，有一次在动物园散步的时候，突然之间，你知道有什么攫获了我吗？毫不夸张！突然之间，一个小孩站在我的膝下，三四岁，金发，穿一件漂亮小裙子，凝望着我。一个猛烈的冲动在我心里骤然膨胀：拐走这个孩子，飞奔回家，据为己有。啊，叮叮，我不能有一个自己的孩子吗？

而且，我俩在家里永远不打架了，好吗？我俩的家一定是安宁和平静的，和其他人的一样。但是你知道我有什么忧虑：我觉得自己又老又丑。你没有一个好看的太太陪着你去动物园散步。咱们要躲开德国人。虽然考茨基多次邀请，我都留在家里。让他们讨好我吧，让他们看明白我是不在乎的。

叼叼，只要你确定了公民身份，完成博士学业，就和我一起公开在我俩自己的家里生活吧。我俩都工作，咱们的日子要过得甜美！！世上没有别的夫妇享有咱们的机遇。有一点善意，咱俩就幸福，一定的。就咱们两个人长时间在一起生活和工作，咱们怎么能不幸福呢？记得维吉斯？梅丽德？布吉？布洛耐？记得吗，就剩下咱俩，保持和谐，即使没有整个的世界，咱们也会顺利的？还有，我惧怕一点一滴的干扰。你记得，上次在维吉斯，我正在写《按部就班》（我总是自豪地想到这篇小杰作），病了，靠在床上写，十分气馁，你对我十分温柔、善良、和气。你安慰我，说话的声音暖人心，到现在我还能听见："没什么。没什么，安静下来，一切都会好起来的。"我永远不会忘记。[1]还有，你还记得吗？在梅丽德的下午，午餐之后，你坐在露台上，喝着又黑又浓的咖啡，在灼热的阳光下汗流满面，我拿着"行政理论"笔记漫步走向花园。还有，你还记得吗，有一次一伙乐师在星期日来到花园，不让咱们安静地坐着，咱俩就步行去了玛戈吉亚，又步行回来，月亮正在圣萨尔瓦多上方冉冉升起，咱俩一直都在商量着我去德国的事。咱俩止步，在黑暗中互相拥抱，仰望山峦上方的新月。你还记得吗？我依然闻得见那个月夜的

---

[1] 关于卢森堡和姚吉切斯在瑞士旅行的另外两个回忆记录见信17和信66。

气息。还有，你还记得吗，你总是在晚上 8 点钟从卢加诺回来，提着购买的食品——我提着它跑到楼下，和你一起把袋子提上来——接着我打开包，把橙子、奶酪、意大利蒜味香肠、蛋糕放在桌子上。噢，你知道，咱俩大概从来没有过那么丰盛的晚餐了，放在那间空空房间里面那张小桌子上，通向露台的门开着，花园的芳香阵阵吹拂进来，你正在平底锅煎鸡蛋，技巧十分纯熟。远处黑暗中通往米兰的列车正在飞驰过桥，发出轰鸣……

啊，叼叼，叼叼！快点啊，到这儿来；咱俩隐藏起来，躲避全部的世人；咱们两个人，在两间小房子里，一起工作，一起烹调，过好日子，像这样的好日子！……记住，你说过："别人的手都不像你的，灵巧的手。"

叼叼，最亲爱的，我双手搂住了你的脖子，亲吻你一千次。我要你，常常需要你，用双臂抱起我来。但是你总是找借口说我太重，唉哟嗨。

今天我不想写业务的事，明天见了考茨基之后吧。先不用这文章，因为我等你的信呢。

我拥抱你，亲吻你的小嘴儿和最可爱的鼻鼻，绝对要你用双臂抱起我来。

你的罗莎

信 24

（柏林）（1899年4月19日）

叼叼！我终于有了一分钟的自由时间——寄出了校样，筋疲力尽——累得睡不着觉。现在给你写封信吧。很长一段时间，我都想要、实际上也需要告诉你一些事情，可是一直就是没有这点时间。

你知道我长时间以来最强烈的感受吗？有一点事在我心里活动，想要跳出来。精神方面的事，我得写出来。别担心，不是诗歌或者小说。不是，我的宝贝，我只在脑子里感受到了一些事情。我感觉我没有使用我的潜力的十分之一或者百分之一。我不满意我迄今写的东西，但是绝对地、清晰地知道，我能够做出更好的工作。也就是说，像海因里希说的，我需要"说出一些重要的事"。

我写作的形式不再令我满意。在我"灵魂"里，一种全新的、独特的形式正在成熟，这个形式忽视全部的条件和常规。思想和坚强的信念打破这一切。我需要像一个惊雷那样唤醒人们，不是用言辞，而是用我宽阔的视野、信念的力量、表达的强力来点燃他们的精神。

怎样做？做什么？在哪里？我还不知道。

你随意笑吧，笑个够，我才不在乎呢。我深信有某种东西在我心里躁动，某种事物正在诞生。你可能正在说："一座大山产前阵痛，一个傻气的小老鼠出生。"不在乎。看吧。

今天晚上我又考虑你的处境，怎么样，怎么办？为了把事定下来，我情愿拿出一切，我半个生命。唉，叨叨呀！

每天给我写信。我下定决心：只要时间允许，就每天给你写信，即使写一两行也好。咱俩如果几天没有对方的信，那是多么可怕呀。

我亲爱的叨叨奇内小宝，我想象今天是一封特递信件把你叫醒了，你从床上爬下来，在门缝里小心翼翼地露出你睡意十足的头部，满头金发杂乱蓬松，可爱的脸上有股傻气，我很遗憾我没有站在门口，稳稳地亲你的傻气鼻子一下——硬得很呢。

罗莎

莱比锡已经收到《社会改革还是革命》六百册。很快会出售三千册，我要请求给予第二版版税。好多天前，我给瓦尔斯基和华沙图书馆都去信了。

信 25 *

（柏林）星期六（1899年5月27日）

我小金金的叨叨丢什卡！

今天早晨我刚从莱比锡回来，收到你珍贵来信和明信片，赶紧回信，让你明天早晨收到这封信。你感到奇怪了吧，我在莱比锡住了这么长的时间，但是勋朗克夫妇，尤其是她，接待我十分热情，我就是走不了。第一天，她到火车站去接我，争着、说着，一定要把我在他们那里逗留的期限从三天延长到九天。今天她差点儿不放我走，说了一大堆话才放行。

我们看了三次歌剧：华格纳的《利恩齐》、小华格纳的《贝伦豪特》和葛茨的《驯悍记》。感觉清新。

我遇见了韩尼什[1]和他嫂子（勋朗克夫人的好友），这位友人曾经在反社会主义法时期为《社会民主党人》工作。我也遇见了弗克，美国社会主义者领袖，他去布鲁塞尔参加和

---

* 这封信和信 27 一样，是 1976 年 F. 提赫教授最新发现和发表的三十五封信之一。《工人运动档案》（华沙：图书与知识出版社，1976），卷 3，页 153—192。
1 康拉德·韩尼什，德国社会民主党活跃人士和记者。

平游行，途中在莱比锡暂停。我从他那里得知很多关于美国的运动的消息。他读了我的评论，回美国去宣讲。

访问令我精神爽朗，我不惋惜这时间——因为在前往莱比锡之前，我没有写作正式文章的情绪。我不断地想到去瑞士的旅行；在精神上，我仍然疲惫不堪，不知道在赴瑞士以前能不能写出像样的东西。担心又写出低劣的文字。米尔[1]见我瘦多了，我担心你见我会怎么样。但是如果你对我好一点，不跟我吵架，我希望在苏黎世能长胖点。

我（前往苏黎世）的整个旅行看起来都不顺利。"父亲计划在6月中旬出发"，家里来信说，但是具体怎么办，没有人知道。今天我给他们写了一封，明确地说：如果父亲不能在6月初来，就要把父亲的来访推迟到7月底（最晚在8月，我得回去工作）。还有另外一个理由，我得尽快到苏黎世去。不记得去莱比锡之前我是否写信告诉你，我已经见了施塔特哈根，和他讨论了我和他（当然没有告诉他那个人是谁——是古斯塔夫·吕贝克）。他给了我很好的指导，起草了申诉书，最紧急地要求我立即提出申请，因为到了1900年1月1日，德国的一项法律将废除我们求助的依据：以互不般配为由离婚！因为如果我不在场，则什么事也办不了，我必须立即和

---

[1] 约瑟夫·米尔（John Mill）从维尔诺犹太人社会主义运动时期就认识姚吉切斯。团队海外委员会创建者，流亡生活在瑞士，1915年去了美国。

富勒[1]谈话。只有书信是不行的。

至于我的财务状况，总是求助于你——我当然比你更感觉不愉快。我可以对你做出保证，我没有为自己的享受，或者出于疏忽和草率而乱花一分钱。因为和这个刁钻的女房东斗争，我损失了不少钱。按协定，每月1日我提前付出一个月的房费和餐饮费，钱就花完了。我不是亲自去见她，不值得受这份头疼。我派一个熟人去见她，这个房东知道我懒得去打官司，便告诉这个熟人我可以把她带到法院去。更糟糕的是，我花15马克租了隔壁的一间房子，计划让考茨基夫妇、梅林等人4月来访。钱白花了，而且还有搬家和我在找到另外一间房子之前我在旅馆三天的花费。有4月使用的、来自莱比锡的这100马克，我应付了眼前的开销。1日，我就剩下了70马克，接着，两个星期之后，我的书商——贝尔，便开始追击我。他注意到我不再从他那儿买书，就一口咬定我必须立即付给他我欠他的40马克。以前我在信里没有告诉你，我评论伯恩斯坦的时候买了马克思著作第三卷，后来还有一本论法国卡特尔的书，和英文版的霍布森的书（《现代资本主义的演变》）。现在，这些事都凑到一块儿了。如果不是因为搬家，我的账目会是井井有条的。我向你保证，

---

[1] R.富勒，律师和社会学家，苏黎世大学教授。他和施塔特哈根在离婚案中代表卢森堡。

以后,在我返回苏黎世以后,我再也不会求你帮助。你如果是像你所说的那样更关心"秩序",而不是钱的事,那么,即使我有"杂乱无章"这一个可怕的罪恶,也让我先补充一句,这还不是灾难。其他很多女人不挣钱,没有特别的智慧的或者精神的美德,但是,是"杂乱无章"的,然而她们的丈夫对她们还挺满意,不找碴儿责骂她们。第二,你说的事,都不是事实,因为我的诸事都是井然有序的,他人尽可以向我学习。你很不周到的弟弟对我谈起你的财务之事[1],我制止不了他。这些事,不必劳你信告;不是我操心的事。我知道你永远有足够花的钱;我也永远会自食其力,如果有个孩子,我自己也能把他养大。你那些关于未来收入的小心谨慎的"暗示",留着你自己享用吧。(……)

我拥抱你,你这个不知悔改的造物!

代问你兄弟好!

你的 罗

注意:我回来之后收到了你的挂号信。

---

[1] 姚吉切斯有一份在维尔诺的家族商业的固定收入。

明信片 26

（柏林）（1899年6月3日）

难弄的小猴儿！

你又发火！因为什么呀？因为我必须等几天，等我父亲的一封信。你似乎忘了，我父亲已经十年没有见过我了。我听到的关于他的健康的消息表明，这一次很可能是我和父亲最后一次见面了。而你和我，上帝保佑，还会享受团聚（和打架）三十年。你能不能表现出一点为他人考虑的意思啊，就一次。很开心我父亲不是一个银行家，不能随时来一个休假，他得完全依赖不景气业务的一点微利。我已经在信里告诉你，我星期三出发，7月里会见我父亲。他病得厉害，我得把他安排在一个疗养院里。现在我在会见考茨基的路上。

吻你，虽然你不配。

信 27

（格莱芬贝格）（1899年8月2日）

叼叼，我的大金宝，收到你的来信，第9号，昨天晚上，第10号，今天。终于写出来几个热情的词儿，多谢了。我太需要这样的话了，在昨天的明信片里我说了。语调严厉，很抱歉，但是，我亲爱的宝贝，你只谈业务，是伤人的。连一个温柔的字眼儿也没有，我感觉糟透了。现在还感觉得到。你不明白为什么。好，让我告诉你吧。

我父亲不是真的病了——他是在躯体上和精神上完全地精疲力竭。身上几乎连一滴血也没有了。他呕吐，恶心，"发晕"，嗓子发干，打嗝儿，两条腿抽筋，咳嗽——这一切都是他的精神状态引起的。他看着十分憔悴，大家都睁大眼睛瞧他。回到家里，那些白痴医生，包括尤焦，用电流和溴治疗，却不想办法让他吃得好一点，却拿来什么营养搭配折磨他，弄得他见什么吃的都怕。母亲去世以来，一直是这样——差不多两年了[1]。他虽然处于病态，但是还必须管理他的业务，

---

[1] 1889年离开波兰之后，卢森堡再也没有见过母亲（琳娜·卢森堡1897年去世）。她预计到这是她和父亲最后一次见面。埃利亚斯·卢森堡1900年去世。

夜以继日，从早到晚，你可以想象他来的时候会是什么面貌。

我立即改变了全部的护理。给他吃他喜欢吃的东西，主要是鸡蛋（一天吃九个）、牛奶，等等。他已经好转，但是出自一个老习惯，夜里每两个小时醒来一次，所以他和我谁都睡不好。他在清晨五点或者五点半起床，所以我也得起来，用冷水给他擦身（医生的指令），烧水泡茶。喝完茶休息一会儿，我煮鸡蛋，冲咖啡，洗早餐盘子，整理房间，穿好衣服，和他出去散步；这真是实实在在的考验，因为父亲走得像蜗牛一样慢（还不夸张）——让我心烦。刚刚开始迈步，父亲又饿了，或者我回去开始烹调，或者我带领他去吃小吃。然后拖着极慢的脚步去吃午饭，再然后，父亲得用一个小时站起来、拖拖拉拉走回家。午饭以后，我想睡一会儿，休息一下，但是父亲刚睡了没有十五分钟，又要喝茶，要立即准备好，我必须起来。再过半小时，我又在煮鸡蛋，冲咖啡，然后磨磨蹭蹭地散步，一切循环往复。我得在5点钟、7点钟、10点钟掌厨，直到他上床。接踵而来的是黑夜里的咳嗽、半夜下床，一切周而复始。

值得一提的是，全部活动的条件如下：阁楼（！！）上的一个小房间，因为我们租不起大一点的地方；父亲一半的钱和我的四分之三都花在反反复复的搬家上面了（萨尔茨伯伦、卡尔斯卢厄、弗罗茨瓦夫——为寻求临时宿膳）。我的"地方"用一个床单隔开。没有转身的空间。我只有一个气炉子和两个小炒锅,时时刻刻地烹调,咖啡、茶、鸡蛋、牛奶加面片——刚洗完盘子,下一轮的烹调即将开始,不然我就是出去东跑西颠地办事。我自己连一个小时的读书时间、写封信的时间都没有。你可以理解为什么我的神经有点紧张。因为气炉子总是用来为父亲服务,我连吃东西的机会都没有,肯定的是他吃完东西,又到了散步的时候。你试着想象一下,为了给他找到一个合适的地方,我们这些旅行奔波,拖着一大堆大小行李包袱,他的和我的,天天换车,开包又打包,从篮子里给父亲拿东西吃(在火车上我也拉着它),到处找房看房。

这是我抓住的、给自己用的第一个小时,因为父亲遇见一个熟人,和他一起散步去了。你问往哪儿寄钱,寄多少,尽可能多寄,但不要弄得你拮据;如果有难处,我可以从莱比锡方面求索。我的地址、我自己的姓名、一张汇款单。

很遗憾,你一直拖延,没有信告你对于法国的思考,因为我准备今天开始写文章。在这件事上保持沉默十分有害[1]。

你想知道我为什么给你弟弟写信——这是父亲的随意遐想。有一次,他从华沙给你弟弟写信,问塞加尔化工厂和"维尔诺化工厂"是不是一个工厂。他在信封上写得很巧妙,致

---

1 卢森堡指因为德莱福斯事件和社会主义者参加资产阶级政府,在法国社会主义运动中出现的危机。

"维尔诺的格洛佐夫斯基先生"[1]。我们告诉他地址写错了,他坚持要我再写。因为他不放弃突如其来的想法,我写了。

今天到此搁笔——我必须努力写出这篇文章。

我要给汉堡信告,他们不要指望我。我给勋朗克写信了。

热烈亲吻你,多来信,多写你自己。你的工作开始了吗??

你的 罗

最亲爱的,要是你能够寄给我们50马克,我们能够多逗留一周(大概到17日)。

---

[1] 格洛佐夫斯基是姚吉切斯笔名之一;最著名的笔名是提什卡。在他们保持了九年的关系之后,卢森堡的父亲不知道姚吉切斯的真实姓名。

信 28

（柏林）（1899年9月24日）

叨叨，我亲爱的！昨天我给《莱比锡人民报》寄出了对帕尔乌斯的答复；你明天能收到。我对这个答复很满意。今天发现我留下了一个蠢笨的修辞错误，但是我怀疑是否有人能发现。准备请《萨克森工人报》重印整篇文章，我相信他们会刊登的。

正如你看到的，《前进报》的答复证明你错了；他们没有批评我的事实，也没有暗示要"嘲笑一番"。他们的语调是道歉和气馁。答复完全是无精打采的，我没有料到来自埃尔斯纳[1]。像考茨基说的，他们显然怕我。他非常满意我的答复，认为它特别犀利。所以这就是《前进报》和我之间关系告一段落。但是我会帮助勋朗克写他的答复——这方面他不太行。这话是在你我之间，避免他在公众场面上难堪。

我很疲倦，因为被全部这些工作累的，可以看出来我现

---

[1] 库尔特·埃尔斯纳，社会民主党人记者，在《前进报》编辑部任职。随着卢森堡激进思想形成（"……极左派仅有的维护者是考茨基和我……"1899年3月2日她信告姚吉切斯），德国社会民主党内部反对她的理论增长，她变得日益孤立。

在不能好好地、一如既往地控制我的写作。我决定放慢速度，在汉诺威（党代会）之前只写三篇文章：（1）给《小共和国》；（2）给《社会主义运动》；（3）论地方议会选举，大概是给《前进报》。

刚收到你的信。不要为我担忧，我很平静，在汉诺威会议之前没有很多的工作。

你在远地，不能真实感受我在党内的地位——处境很好。我感觉得出来，在考茨基的态度中，在《前进报》的答复中，在全党的舆论中。现在我对自己的地位是完全有把握的。如果说在"中间派"还有许多反对者（比如《汉堡回声报》），这仅仅是因为他们不太理解我，而且怕我。然而，再做一年建设性的工作，我的地位就会非常好。与此同时，我出场不能做不太激进的发言，因为我代表最极端的一翼。汉诺威之后，我要稍许改变语调。

顺便说一句，考茨基认为我在给党代会的文章中刺激了倍尔。"你做得十分聪明！"他笑道。他把我看成未来的一个领袖，需要依靠我。请吧！他是一只十足的猴子。但是我用得着在意吗？为国家！……

资产阶级报刊经常地责骂我。不过还是来谈我的地位吧。附寄的《北德意志人民之声报》能向你证实我的文章对党代会的作用。他们第一次重印了我的文章。这是重复——还记得我论伯恩斯坦的文章吗？外省报纸一家接一家采纳了这些文章——他们逐渐接受了我的观点。一年之内，我希望为党的全部舆论定调（尤其在我缓和了调子之后）。用不了太多的时间。帕尔乌斯几乎完成，因为党没有有脑筋、有性格的人，所以，如果有谁具有这二者，门就大开。但是帕尔乌斯需要硬闯，让情况变得对我来说也困难起来，不易讨价还价。不碍事，他们会看到，我不是帕尔乌斯，他们最终会信任我的。

至于汉诺威，我感觉平静，有信心。我知道该做什么，预计着成功。我要你知道这个情况，因为你，我可怜的叨叨，显然十分为我担心，如果我像你现在这样破了产，你还是要到汉诺威来的。但是你的确帮不了我什么忙，你自己倒会变得担惊受怕，像在斯图加特那样。现在这不是斯图加特，我也不再是新手。[1] 我不会蒙羞。

但是，如果你有余钱，愿意在大会庆祝活动期间和我在一起，立即来信，我好找房子，不像斯图加特那样的！

顺便告诉你，记住，在汉诺威有一大堆俄国人。

遗憾，你我都不熟悉这个城市，但是咱们对付得了。

立即回信，说出你的决定！

吻了你再吻
你的　罗

---

[1] 1898年德国社会民主党斯图加特会议是卢森堡的"火的洗礼"。姚吉切斯去了斯图加特，但是，他不像卢森堡，没有参加会议。

信 29

（柏林）星期日（1899年12月17日）

叨叨，我的爱！昨天我想给你写信，但是正在忙着写法文文章，思考和修改，不能中断，不然思路要中断的。

我给斯特卢威[1]的回答将见于1月的《新时代》，这是我和考茨基一起安排的。你怎么不找到这一期《档案》细心看看呢。你一定想到了什么我可以使用的思路。出自许多良好的理由，这将会是一篇优雅的文章。值得努力！

关于汉堡，我问了勋朗克；他原来在那儿居住。这个计划不能实现，有一个原因：汉堡的天气很坏，大雾，像英国，所以因为你的慢性感冒，不能再找麻烦。而且，在夏天，那儿只有海水，对咱俩都很不好；清冷的空气和冷水浴不适合神经过敏的人。在其他方面，那儿的条件都是不错的，但是，对我来说，上面的理由自有它的道理。气候变化太厉害，尤其是你从瑞士直接到来。

另外我有个不同的想法——海德堡！一个愉快的市镇，

---

1 彼得·斯特卢威，俄国经济学家和哲学家，俄国自由派领袖，俄国"法制马克思主义"最杰出代表。

美妙的自然，丘陵的乡下，在奈卡河上，夏天可以按时做一日旅行，或者在近处租一间公寓房。大学图书馆有名，但是最重要的是这个市镇：首先，在黑森警察都很有尊严；第二，从著名的吕特医生时期起，那儿就没有党派运动的痕迹！我们可以摆脱同志们，还有那些闲言碎语。而且，这是个很大的市镇，位于德国中部（距离柏林八个小时），有各种文化娱乐。考虑一下，回信。记住，利用夏天恢复体力对咱俩都很重要。（……）

你提出劝告，"迫使"我哥哥们支持我父亲当然很好，但是可惜没有针对性。概括地说，你太信赖政治上和个人生活中"迫使"的魔力。我呢，比方说，更信赖"行动"这个词儿的力量。（……）

考茨基夫妇邀请我一起欢庆圣诞节平安夜，但是我没有接受邀请，想留在家里。我和房东十分友好，他们邀请我赴家庭晚宴。我想，这是我们最后一次分别庆祝圣诞节了。[1] 上帝啊，我想到了咱俩在一起最初的几年，那过的是什么节日啊！咱们不知道怎样过节。你知道，没有小孩就没有节日，没有真正的家庭生活。难道你不这么看吗？

咱们永远住在一座空房子里……越来越……我常常认真

---

[1] 不同于其他的社会主义者（考茨基或倍倍尔），卢森堡终生看重传统节日，如圣诞节和复活节。《奥古斯特·倍倍尔和卡尔·考茨基书信集》，小卡尔·考茨基编辑（阿森：范戈库姆出版社，1971）。

地考虑领养一个孩子。这非得等咱们有了固定收入和充分资财才行。我年龄太大，生不了孩子了吧？

我时常感到需要一个孩子——有时候变得不可忍受。你恐怕不会理解的。

你住在科勒太太（*女房东*）那儿，很好。你习惯于四堵墙、搬家、找新住处，是不愉快的。那就住在那儿吧，等到来和我团聚。

十个亲切的亲吻

你的 罗

信 30

（柏林）（大约1900年1月13日）

叼叼，我的爱！你真是太会逗人玩儿了！你先写一封讨人嫌的信，然后回复我草率的回答，说"你明信片的语气差不多没有鼓起我的精神给你写一封长点的信……"

看来你不大明白，你全部的书信都是系统地、十足地惹人厌烦的；千言万语归结为一派冗长乏味的教师爷训话，像"一位教师爷给他得意门生的信件"。就算你做出评论，就算这些评论都有用，在某些情况下甚至不可缺少，但是，看在老天的份上，到现在整个情况都变成了一种疾病，一种嗜好！我一描写一个思想或者事实，就不能不引发出一种枯燥的、令人厌烦的高谈阔论。不管我写什么，我的文章、访问记，订阅什么报纸，服装、家庭关系，我关注的以及和你分享的一切——这一切都逃不开你的劝告和指导意见。我要指天发誓，这真讨厌！因为是单方面的，就更显得讨厌。你从来不让我对你的写作提出批评，倒不是我要教导你。我没有兴趣这样做，即使有，你也听不进去。例如，你昨天的滔滔不绝的话是什么意思呢？"一方面，关于你在德国的运动中的任务和你的政治著述；另外一方面，你的家庭义务，为了在精神方面和政治方面不至于全然大败……"

我感兴趣的是请你告诉我"关于任务"你有何见教。为了"不至于全然大败"，你正在阅读什么？从你来信的精神和内容来看，我担心你在苏黎世比我在柏林更有可能"全然大败"。太让人厌烦了——每过几个星期就让我免除一次"全然大败"吧。

这一切的肇因都是你的老嗜好——说教——这种说教从一开始在苏黎世就令我厌烦，完全破坏了咱俩的生活。你似乎觉得负有使命要对我说教，无论如何也要扮演我启蒙教师爷的角色。你眼下的劝告和对我"活动"的批评远远超出了一个亲近友人评论的界限——你这是系统的说教。上帝才知道我能做的不过是耸耸肩膀、把我的书信降到最低限度，不然又要继续招致讨厌透顶的说教。

再有，你的说教最常见的都是取决于你一时的情绪，我怎么能信赖呢？我来给你举一个很小的例子：上星期我对你抱怨说，我不是有意地，或者甚至是违背了我的判断，卷入了和考茨基夫妇的个人之间的友谊。你说这样的友谊让你十分高兴。好吧。接着，你回应我描写考茨基夫妇的信文，你的回应当然不是为了厘清你的"批判性分析"，因为你展开了一个长篇的、深刻的论述，讨论和考茨基夫妇的友谊不仅无益、而且有害。你如何协调这两个观点呢？很简单——第一次，你情绪爽朗；第二次，你情绪糟糕。然后，你立即开始把一切都描绘成黑色，开始挽救我避免"全然大败"。

还有一件事。只有劝告者本人所遵守的原则和告诫给我留下了印象。根据你的告诫，请让我知道你的诸事如何（例如，你的博士论文进展如何，你的精神劳动有何系统性质，你都订阅哪些"故乡报纸"，等等，等等）。

我为你细心保存备用，是的！听着！人人皆有出头日，积少成多、集腋成裘，别钻死牛角，乌鸦落在黑猪上——我能列出的纯粹波兰语俗语还多着呢，但是我担心你理解不了波兰语言的奇妙。所以让我来再加上一句话吧，是姚维亚尔斯基老爷（波兰古典喜剧作家亚历山大·弗雷德罗同名喜剧主角）说的：猫越老，尾巴越有劲……你很聪明，善于得出自己的结论；在波兰有句俗话：对聪明人，点到为止。

（……）多情拥抱你！

你的罗莎

信 31

（柏林）（大约1900年1月22日）

我亲爱的叨叨！本来要给你写封长信的，但是我却收到父亲的消息，把我压倒了——我只能先处理紧急的事！

先说说考茨基的事。涉及和他一起的编辑工作：编辑一部分手稿，和供稿人保持联系，没人写"注释"的时候自己得写，偶尔还得写书评。写文章不包括在内。工作时间：早晨到中午，一星期三四次。

本职工作不是考茨基的私人秘书，而是《新时代》的编辑，不是考茨基雇用的，不只是迪茨[1]（G.m.b.H.），就是说，是迪茨、辛格和倍倍尔。

我对考茨基隐隐约约地说了这件事；他挺高兴，立即找迪茨和倍倍尔谈。倍倍尔说他认为没有别人比我更适合于《新时代》。迪茨认同。有一个问题，他们必须为古诺夫[2]找另外一个工作，现在还在找呢。古诺夫的月薪是200马克，但是

---

[1] J.H.W. 迪茨，德国社会民主党活动家，斯图加特一个出版社所有者，刊印《新时代》。

[2] 海因里希·古诺夫，社会学家，记者，德国社会民主党成员。后来变成修正主义者。

迪茨要减少。我告诉考茨基我不接受低于古诺夫的工资。

现在，考虑到父亲的状况，我急需这个工作，但是怎么能够给古诺夫找个工作呢？

至于我俩的计划，当然我俩必须一起住在柏林。我不是在你提醒我以后才开始考虑这件事的；我考虑了很长很长的时间了。

你信上说，和考茨基的小时工工作雇用不寻常。错了。我几乎在海曼图书馆找到一份工作，一天两小时，月薪180马克，但是后来才知道他们需要一个职业图书馆员。在大城市，凭借努力和一些人事关系，小时工工作是能找到的；显然，没有一份附加的收入，咱们对付不了。

你认为我的挣钱计划有碍于我的学术前途和政治前途。错了。我需要较多的时间来解释。无论如何，情况不是那么差。我所遵循的一条原则是人的首要用心之处是养活自己、孩子，或者父母亲，只有在这样的条件下，才能考虑出头成大学者。而且——Sind's Rosen, nun sie warden bluehen（德语：是玫瑰，就会开花）。因为把全部的时间献给自我发展，即使真正的才能也未必发挥出来。

至于这儿应该做出什么安排，我只知道，有家具的房屋吓得我没了主意。我想，还有时间谈细节；我就是想知道你什么时候来。

至于在考茨基这里的工作，工作包括一个月的暑假，或者两个月，三个月，随我安排，只要我不离开，同时考茨基也不离开——能安排好的。

我的人事关系意见证明对"波兰事业"[1]有些帮助。几个星期以前，考茨基收到普沃霍茨基一篇关于波兰的文章，问我对普沃霍茨基有什么评价。他问我如果他发表这篇文章，我会有什么反应。我自然客客气气地让他知道了，文章便不见了。我希望不要发表。寄还斯特卢威，尽快。

温情亲吻
罗莎

---

1 卢森堡以此表示讽刺。L.普沃霍茨基，波兰社会党创建者之一及其主要政论作者，主张波兰独立，后来反对波兰王国和立陶宛社会民主党与卢森堡（参见附件1）。

信 32

（柏林）（1900年3月15日）

我亲爱的！我在去斯图加特路上病了，为了休息，在克拉拉·蔡特金这儿住到星期一，星期二早晨离开，晚上 11 点到这儿。在家里看到马赫莱夫斯基的信和一张旧明信片。

我细心掂量了咱俩现在的状况，得出如下结论：取得相互协调和或多或少正常关系的唯一的希望是一起在德国生活。我不明白，也想不通你为什么一直拖延，但是我明白，这样的拖延是不正常的，对我是一件屈辱。

我不愿意陷入一种我既不理解、又不承认的处境，因为在我俩在这里定居之前，我认为不可能达成和你的谅解，所以再给你去信绝对是没有意思了。我相信你会周到考虑一番，同意我的意思，在你到来之前，不必再期待我的书信。只有业务需要的时候，我才写信。

你的 罗

信 33

（柏林）（1900年3月29日）

我的爱！我从波兹南回来，疲倦之极，直到今天才能拿起笔来。

对你的来信简单回复。首先，阅读了你的信，我觉得告诉了你一切，报告我的行程，解释我紧急出发的原因，等等。从我的观点，一如既往。但是我突然醒悟，在过去八年我一直这样做，徒劳无功，所以我放弃了。以后写信只谈以后的计划，谈事实。

你信上的意思显然是，你缺乏意愿，所以不迁居柏林；没有其他猜不透的原因。如果一个人感觉不到需要恒定的结合，我想，这归根结底就是缺少内在的勇气，不顾距离远和会面匆忙还依然保持某种婚姻关系。这样的话，柏林就毫无意义了。如果你看不到迁居此地和我会合的理由和目的，那咱俩就没有办法甚至像以往在苏黎世那样临时地生活。连像以往那样通信都不能继续。

你提议说，我到苏黎世来就能激发你迁居柏林的欲望，说得实在奇怪，至少可以说，我奇怪你怎么可能没有明白这个道理。也许你是理解不了我的回应的。我没办法向你解释。我只能明白告诉你，我不会踏进苏黎世一步，也不会去任何一个地方去看你……

如果可能，什么时候你感觉有充分意愿住到这儿来，靠近我，完全取决于你。我不会，也不愿意以任何的方式，甚至书信，来干扰。

至于我的健康，有紧急情况的话，我会让你知道的。我的财务状况也一样——有急需的时候会和你联系。（注意：我大约是在15日从苏黎世回来的，又去了波兹南，我挣的钱只够花销的一半。如果可以，我希望在1日以前有50马克使用。）

还有一事。我决定停止书信，这不是你所认为的报复。也不是抵制。这不过是最终跳出谜语诱惑人的怪圈之需要。我在这个谜周围转得太久了。

你的　罗莎

信 34

（柏林）（1900年4月24日）

叨叨，我的爱！你的信来得正是时候，我正在绝望中努力设想咱俩之间这个混乱局面什么时候能够结束呢。

我来简要解释一下我近来的态度和行为：咱俩之间近来发生的事——特别是我对苏黎世的访问——引导我相信……你停止了对我的爱，你甚至可能和一个什么人接近，我不再是能够让你高兴的人——如果还能这样说的话。

这个想法是我在克拉拉·蔡特金家沙发上躺着的时候突然出现的。我睡不着——各种想法不断地涌现。后来，突然之间，一切都变得透彻明朗：你不愿意到柏林来，你近来的行为，从这一事实来看，都变得可以理解了。所以，上帝保佑吧，我呼吸得自由了。我觉得自己像这样的一个人：在没完没了的猜谜、纠缠、混杂和混乱之后，最后终于找到对全部问题的虽然是万分痛苦、却又是十分明确的答案。我停止写信给你，这样就不再影响你的情绪，不再造成新的问题。我再三告诫自己，这是解决问题的答案。如果他爱我，愿意跟我在一起生活，他会来的，如果不爱，他就可以利用我俩通信的间歇，慢慢退出，让多年的关系"消散"。

就这样，我开始在完全的孤独中生活，甚至我现在是，而且以后永远是孤独的。现状令我感到有点凉飕飕的，但是我也感到自豪。有很多次，我注视他人在一起，有很多次，我感觉到在春天里生活之美，继而深深感觉到，你永远也不会找一个人可以和你一起生活，就像和我一起这样生活……我还要开始编织计划和希望。然而，每一项都有一个简单的念头悄悄钻进来：他已经有了另外一种生活，你没有什么东西赠送给他。这个思想足以扫除海市蜃楼，把我送回我的工作，咬着牙继续工作。

从你的信来判断，似乎——似乎我是错了（我也是不能拼写出某些词儿来的），我俩的关系存在这一种基础和一种希望。但是你拿得准你自己吗？你心里有什么变化你充分意识到了吗？不是惯性吗？叼叼！……

如果事事的确顺利，也用不着告诉我发生了什么事，为什么，只告诉我咱俩什么时候、怎样安排咱俩的生活。这一点是紧急的，有很多的理由。

简单说说其他的事。叼叼，我亲爱的爱，如果说我把你从我的事务中"推出去"，这仅仅是因为我感到愧疚——用波兰工作加重你的负担。我告诉自己，如果我不停止这一做法，我会把你累垮的——而且仅仅是出自庸俗的利己主义。你还记得你常常告诉我，为了保持咱们的关系正常，你必须知道没有你我也照样应付自如？实际上，我竭尽全力设法自己完成一切，让你摆脱我给你的负担。你却视之为"把你推出去"？！……但愿你知道，如果没有人给我出主意，我没有人可以依靠或者分担我的疑虑，我会感到多么艰难。但是我压制了这个感觉，心里想我不该把你拉进我的事务——这绝对是为你着想的。如果你终于愿意了，那咱俩在一起工作和生活多愉快啊！有很多的工作，我一个人连十分之一都做不完啊。

现在除了德国的工作，我也有波兰的工作。很难描写这次会议。[1] 我必须告诉你。整整两天，他们猛烈地斗我。但是我控制了整个的会议，最后他们都自动落在我的手里。因为编辑要求我占用第二天《前进报》的版面，我几乎不能宣扬自己，而且我也不愿意刺激失败的人。实际上，是在各条战线上的胜利；我甚至赢得了最不共戴天的对手。这个情况造成了波兰社会党知识分子一翼中真实的恐慌。他们正在竭力歪曲事件，你可以在《工人报》上的文章中看到，报纸我随信寄去（立即寄回）。我的回答见下一期报纸。

我为许勒著作写的书评将刊登在《新时代》上。我获得双重的荣誉：(1) 考茨基给了我他反对伯恩斯坦的著作的法文译本，签字留言是"我亲挚友人 R...L...—K...K..."；(2) 他问我是否同意编辑马克思的手稿，因为马克思的遗产包括

---

[1] 德国占领波兰地区波兰社会党第五次代表大会，在柏林举行。

多于四卷本的《资本论》。我当然同意。过几天他就到巴黎去，从拉法格那里接受这份遗产。

我没有为《莱比锡人民报》多写稿，因为，第一，我去波兹南旅行，然后我生病（请假一周），接着是这个会议。刚寄出第三篇文章，正在为第四篇收尾，《新时代》的稿酬帮助平衡了收支。

在波兹南那天，取得了成功；搅扰了一个天主教会议，在三个会议上发言——鞋匠会议、裁缝会议和党的会议。（……）

我很少访问考茨基夫妇，逗留短暂——更多的是他到我这个地方来——他们快把人烦死了。一句话，世界上的人让我恨不得跳起来，而你，你这个滑头，俗气的东西，让我心里阵阵发痛。

你什么时候才结束在瑞士的闲逛呀？！

亲你的小嘴！

你的 罗

我家里的消息让人十分痛苦，不多说了。

信 35

(柏林)星期一（1900年4月30日）

叨叨，我亲爱的！（……）是的，你说得对。我俩过的是分开的精神生活，已经很长一段时间。但是不是在柏林开始的。甚至在苏黎世，我俩在精神上就是陌生人，这两年可怕的孤单感都刻在我的心灵上了。但我不是一个退缩的人，不是一个故步自封的人。恰恰相反。你问我我是否想到你是怎么生活的，你心里有什么事没有。我能做到的事，就是苦笑一番。是啊，我想到过一千次了，我一问再问，高声问，纠缠不休地问，得到的答复都一样，永远是那句话——我不理解你，你指望不上我，我不善于给予。最后我停止猜想，不表示出来我对什么事情有意识，感兴趣。现在你问我怎么会想到你受到另外一个女人的引诱，因为除了我没有其他女人善于回应你，理解你。正是我以前告诉我自己的话。

你忘了吧，你一而再、再而三反反复复地重复说，我也是不理解你，你跟我在一起也感到十足地孤单。但是区别在哪儿呢？这个领悟让我知道，对于你来说，我这个人等于没有了。所以说，我对这同样的怀疑的反应在1893年是不同的吗？当然是。从那个时候起，我就变了。当时我是个少年，现在是成人了，一个成熟的人，完全能控制自己，能够做到咬牙熬过痛苦，不露声色，绝对不露。但是你，不管怎么说，却拒绝相信我已经改变了，我不再是八年前的同一个人。

还有一件事。你反复问我怎么能够这样随便一笔勾销咱们的关系。我不想讨论"随便"这个词。我是怎么对付的呢？秘密如下：我最近一次令我毫不怀疑，对于我的内心你变得完全盲目，对于你来说，我不过就是个女人，和其他女人不同之处是我写文章。在这里，在柏林，我经常看到跟男人一起生活的那类女人，这些男人如何宠爱她们，接受她们的反复无常，而且，在我精神的深处，我一直是意识到了你对待我的方式的。一段长时间之后，我终于理解，你对我的内心，早已经丧失全部的敏锐感觉。的确，你甚至丧失了对它的记忆。这一点比其他的一切，都令我尖锐地、痛苦地意识到，你在深深的骨子里，已经变得冷漠。

你问我是否想恢复我俩共同的精神生活。回答是显然的，但是，你要记住，能否恢复取决于你。如果还按照现在的方式生活，是做不到建构共同的精神生活的。只有你摆脱不信任态度，只有你相信我是能够理解你的，我关注你的内心生活，咱俩之间才有协议可言。

我想要告诉你的事有很多、很多，但是上帝知道，我没有力量都写出来。只有你到这里来，只有咱俩终于开始一起生活，咱俩才能互叙衷肠。但是，到了那个时候，语言也许就是不必要的了。

最近我要找一天给富勒写信；离婚一事一拖再拖。考虑到未来的安排，是不是该返回原来的计划：在南方住上半年。在这里不能公开地一起生活；如果不能，咱俩的生活就变成了一幅漫画，我对这个局面的恐惧甚于孤独。为了生活，咱们需要安宁，不能躲躲藏藏的。考虑考虑吧。安娜情况怎么样？我没给她写信，个中原因，你是知道的。

一百个亲吻
罗

信 36

（柏林）星期三（1900年5月2日）

最亲爱的叼叼！昨天收到了你的短信；又是业务。我的金心啊，你怎么又发火了呢，就因为一点无聊的事（《前进报》上的评论），还说什么我得上天入地排查执行委员会什么的。你记住，咱们是一再互相许诺不为琐事动气的。《前进报》上的评论无聊得很，一钱不值。你想象着它是针对咱们的。第二，你记得，咱们决定改变对待地方上的波兰人的策略的。咱俩同意不通过德国人和德国人的舆论来打击他们，而是相反，要争取他们的信任。你现在倒催我组织一场德国示威反对他们。这有什么来由呢？人必须有所坚持，不能朝三暮四的！我已经起步，要争得地方上人民的信赖，所以用不着再告诉我改主意。

如果你能把花在波兰社会党上面的精力、热情和坚韧的一半花费在咱们自己的生活上，就是说，处理好你在苏黎世的事务，完成博士学位，为咱俩的未来做出安排，那我可是大喜过望了哟。咱们和解以来，我收到你四封信，三封说波兰社会党的事，一封说咱们的事，但是不谈一句实际的事务。

我费尽了心思，设想咱们在什么地方、怎样才能公开地作为丈夫和妻子生活。如果不能，整个事情也就毫无价值。看在上天的份上，请你理解，我再也不能撂下我父亲不管不顾了。依照你的许诺，去年夏天我告诉我父亲，咱俩今年春天就住在一块儿。最近一个月，我六神无主，不知道对我父亲说什么好，只好耍滑说谎。真是到了结束这种拖延场面的时候了。

我看不出你滞留苏黎世的原因。古斯塔夫的事天知道得拖延多长的时间，但是咱们不能再多等了。以后什么时候苏黎世的确需要你，花60马克去一趟就行了。钱的事不用多想，咱俩分开住多费的钱超过了60马克，所以能摆平。

你必须告诉你兄弟说你即将和我结婚，请他做计划即时来一趟。

你自己说的，安排处理好在苏黎世的杂事得两三个星期。无疑你得卖掉印刷机（注意：你没有一个纸型，是吧？不要忘记回答）。

说说古斯塔夫的事。从富勒那儿是等不来什么消息的，所以，我的大宝宝，下面的事得照办：到弗洛塞加斯地方法院去，找比莱特博士，说你是我的兄弟或者堂兄，问问我的个案有什么进展，联邦法院的决定。他说通过决定得等三四个星期，现在已经三个月了。

去办，快去。咱们至少得知道咱们眼下的情况。

你惹我生气，因为你没完没了地写波兰社会党的事，连一个字也不提咱俩团圆的事。我不理解，或者说，我怕理解。

爱你拥抱你

你的　罗

信 37

（柏林）（大约1900年5月9日）

我的爱！今天上午我收到了你关于《工人日报》等的又一封长信。昨天晚上我写到，我将要遵从你的劝告寄出答复，所以就不必再多谈这件事了。

昨天我谈到你的博士论文。但是，你上一封信让我改变了想法。在苏黎世逗留十年之久而没有获得博士学位，的确是一件十分不愉快的事。我看到你的唯一的出路是留在苏黎世，好好努力，直到完成。但是我请求你停止这样没有止境的优柔寡断，这种进一步退两步的业务，要做出决断——决定你计划在苏黎世逗留多久——在下定决心之后，把你最后的、算数的话写下来寄来。期待在大约四天之内收到你最后的和果断的决定。

吻你

罗

你给克里切夫斯基的信可能十分有损你的荣誉。粗鲁而欠谨慎。如果内容是当面打脸，方式就该微妙些。

信 38

（柏林）星期五，晚（1900年5月25日）

叨叨翁卡，我的爱！

（……）考茨基不断催我为《新时代》写文章，我都讨厌了。注意：前天，他们又邀请我去晚餐，他趁机请我帮助他评论马克思《资本论》的第四卷。很快我就辨识出来这是什么"工作"：他正在誊清全部手稿（字迹极为潦草），以后再尝试编排。显然我的"帮助"就是誊写，或者他口述、我接受听写。他急切地找我做这件事，因为，他说，在恩格斯去世以后，除了伯恩斯坦，他就是唯一的一个能够读懂马克思手迹的人。他想要让我做到对马克思的"象形文字"入门，以备在他整理第四卷过程中如果有个三长两短，我可以把工作继续下去！（……）他太老实，头脑简单，竟然认真地想要引诱我去做抄写工作，但是，从下意识方面看，关于他可能死亡的天真故事是没有什么特别目的的。我确切知道无论是我们当代人，还是后代人都不会得知我对马克思主义的无名贡献，所以我直截了当地告诉他，我不是傻瓜！当然，这个意思我表达得文雅，就是说，拿他的担心开玩笑，说服他教会我辨识马克思笔迹是无的放矢，因为，跟他一样，我也可能有个什么三长两短的。我也建议他去买一个雷明顿牌打字机，教他妻子学打字听写。

说到这儿，你会问我为甚跟她"闹别扭"。没有呀。相反，她太喜欢我了，不断地吻我，说话净套近乎。但是我一直在观察她，不喜欢她的性格。她像卡尔曼索诺夫女人（帕维尔·阿克塞尔罗德嫂子），而且对自己更加信心十足。这种类型的女人总是把我吓跑。我期待女人的高贵，她却是点滴无有。[1] Hinc illae lacrimae（拉丁语：所以泪水长流），汇报完毕。

我去了一个富贵女士裁缝店，我的女房东在富贵岁月就熟知这位裁缝。一个星期之后，为圣神降临周穿的黑色外套做好，过节之后，是黄色礼服。我还定做了一顶小帽，配有羽毛的，英国风格，朴素但是雅致。星期六送来。

这个月《新时代》的稿酬够支付生活费，但是裁缝和小帽子的费用还不够。（……）

周日快乐
你的　罗

---

[1] 路易丝·考茨基成为卢森堡最密切友人之一。1923年她发表了卢森堡《致卡尔和路易丝·考茨基书信》，后续的是1929年发表的《罗莎·卢森堡纪念册》。路易丝·考茨基在逃离纳粹占领下的奥地利同时，拯救了卢森堡的书信；路易丝的儿子本尼迪克·考茨基在1950年"为了完成我母亲的遗愿"，将其发表，标题是《致友人书信》。

明信片 39

（柏林）（1900年5月31日）

叨叨努什卡，小金宝！

明天我写文章谈波兰事务。倍倍尔的发言给我提出一个新议题——工会和政治。难得够呛。我在考虑是否现在立即动笔。麻烦在于我现在正在为巴黎会议写文章。我收到了来自波兹南的一封信，邀请我出席一个会议。有机会获得前往美因兹和巴黎的委任状。急切等待听取你对我论阻碍行为文章的评论。[1] 我需要15马克付给裁缝黑裙费（缝制、衬里、各种附加品）。我预计帽子不超过8马克！我不愿意像个邋遢女人似的乱走，而是要极端地整洁（刚刚洗涤过的外衣，配黑色裙子；去年夏天的帽子，配面纱，看着依然体面，每天都可以用）。昨天我把你的照片寄回家去了。我的房东偶尔见这张照片摆在桌子上，立刻宣布，为了你她要和她丈夫离婚。叨叨，多写信啊。

使劲吻你

你的 罗

---

1 《阻碍行为的平衡》，1900年5月2日《新时代》。

明信片 40

(柏林)(1900年6月9日)

亲爱的叨叨,你这封长信真的把我气坏了。信文充斥了你老一套的傲慢和自信,你坚持你比天下人都多知多懂。至于古斯塔夫·吕贝克,去年的文件不能用了;所需要的条件是无论怎样都要在去年发生的某种普通的事件。[1] 你不必告诉他法庭的见证,他也不必对那个女人提及此事。你担心一个被雇用的、登记在册的妓女会拒绝在法庭"忏悔",你这个担心可笑得很呐。在这类的打官司事儿方面,施塔特哈根是一个老手,我必须听他的话,不是你的话。请你、恭请你不要再摆出比其他人都聪明、老练的派头了。我给你寄去了这封信[2]的副本;所以你赶快去联系古斯塔夫,把事办完,不要乱加批评了。你说我正在失去对勋朗克的影响——胡扯。人人都决心惹我生气哩。

哼,我不吻你

你的 罗

---

1 修订离婚法(信25)要求出示卢森堡丈夫不忠诚证明。卢森堡一直说,在一年的时间内,吕贝克和一个妓女在一起。这是一个"肯定发生了的""事件"。"古斯塔夫一定是一事不做",她解释道。
2 施塔特哈根律师起草了吕贝克给卢森堡的一封信,这封信作为这一离婚案的法律证据。

信 41

（柏林）（大约1900年7月3日）

叼叼，我心爱的！我太需要你了！咱俩彼此太需要了！天啊，其他哪一对夫妇的任务也不像咱俩的：彼此互相融入造就成人。我每时每刻都有所感，这一点令咱俩的分离状态更为痛苦。

咱俩经常"经受着"一种内在的生活。这其中的意思就是：我俩处于不断的变化和成长过程中，这样的状态造成我俩灵魂之间某种内在的分解、不平衡、不和谐。因此，内在的自我必须经常地重审、调节、协调。都必须经常地调整自己，以避免沉入谨慎的消耗和消耗殆尽。我认为生存的整体意义乃是忠诚于外界的生活、建设性的行动、创造性的工作——为了不致丧失这一整体意义，我们需要控制另外一个人。人必须靠近、理解，却又和寻求和谐的"我"分开。

我怀疑这对你是否有意义——这似乎更像是代数符号推论。事实上这是下述痛苦经验激起的思想和情绪链中百分之一的链环：尊敬的《莱比锡人民报》编辑退回来我的文章（中性的主题：八国联军攻陷北京），附带客客气气便笺，停止继续和我合作。

我太了解勋朗克了，早就知道，一旦我和他个人的关系结束，这个情况必定出现。我在合作过程中的长时间中断大概是直接的原因，虽然我解释过我曾患病。但是甚至在更早的时候，我也不怀疑我在《莱比锡人民报》没有前途。他们无论如何不愿意发表反映出我自己思想的文章。例如，对于《莱比锡人民报》来说，我论设置障碍行为的文章必须稀释一点，缓和语气。

但是，这个事实依然伤害了我。当然，你也许还赏识这件事，虽然你的悲观主义太严重。除了政治问题，财务问题也经常悬在我头上——怎样、到哪儿去挣钱？！但是让咱们别发慌，保持冷静吧；在个人生活和政治生活中有更悲惨的事发生呢。

几百个亲吻

你的　罗

信 42

（柏林）星期四（1900年7月26日）

叼叼努什卡，我的小金宝！

你不知道你谈个人事情的信让我多么高兴。信是前天收到的。我一读再读。明天你交了论文之后，你这个学期就结束了。现在我一事不做，只等你到来的日子！只有一件事让我担心：你的文章可能太长，一次讨论（即使两个小时）不够，你又得多耽搁一个星期！

没有，我没有笑，消息让我高兴，你对文章，或者博士论文[1]有热情，用功写作。你写作，你就意会到你能写得很好（一般的写作，和用德文写作），我告诉过你，你还不相信呢。[2] 而且，博士学位还会鼓励你尝试其他种类的工作。很长一段时间，我都计划着把这儿的工作分开，咱两个人做，按

---

1 前面提及，姚吉切斯没有获得博士学位，也没有写博士论文。卢森堡指的是一篇学期末论文。
2 多年后卢森堡信告蔡特金："莱奥虽然聪明伶俐，但是简直就是不善写作。把思想表述在白纸上这样的想法，会令他瘫痪。"罗莎·卢森堡，《致莱奥·姚吉切斯-提什卡书信》，提赫编辑（华沙：图书与知识出版社，1968），卷1，页XXXVIII。

照一个规划读书，互相修改文章。

我和我家保持经常的联系，我写的信都是谈咱俩的。你听听看，为了避免"婚礼"和全部有关的麻烦事我是这样对付的。我写信说，因为你是瑞士公民，我俩婚事必须在瑞士境内办理；因此，我必须到瑞士去。因为剩下的时间不多了，他们从华沙到瑞士去会是很困难的，我一个人到那里去，然后咱们在德国举行一个婚礼招待会。他们都立即表示同意，所以咱俩不必大办"婚庆"啦。你知道我是十分厌恶编造如此故事的，但是不如此又怎么办呢？我想，凭这个说辞，我们可以避免大部分的麻烦了。你来了以后，咱俩细细讨论家庭团聚吧。你会明白你是多么喜欢他们的。我的衣柜式样极佳。我不需要什么Trousseau（法语：嫁妆）。我看起来是高雅的，每星期日都穿不同的外衣。

叼叼，我唯一的爱，我求你提前让我知道你抵达的日子。你如果要给我什么惊喜，当着女仆和房东的面，我要不显得难堪，要不假装受到限制，那就影响了咱俩在一起的第一分钟。但是如果你事先告诉我，咱们就会把一切安排到最好处。所以一定写信告诉我时间！！别忘了带来你的枕头。你这个难缠的小东西，当然你要开始办理办不完的杂事，其中有古斯塔夫，托运行李，打包图书，等等。又得费你一个星期！[1] 我

---

[1] 卢森堡给身在苏黎世的姚吉切斯的最后一封信是在8月4日写的。

等着有关你文章的消息呢！一千个吻！

你的 罗

叨叨，出发之前，去买一块生丝料子，大约 15 法郎，我做一件衣服，再买一块衣料（给我姐姐的礼物）。

团聚

1900—1906

如果说卢森堡在一些书信中显得像是一位德国家庭主妇——有丈夫和女仆的完满之家——这也仅仅说明她在别处提及的这位"威严的罗莎"是"十分人性的"。而家务和娱乐也不过是艰难、专注工作之后的某种放松而已;这些事不应该被误解,而滋生出新内容。

姚吉切斯是一个在异国土地上的光杆司令,在1901年年末离开柏林,陪同他不久于人世的、患肺结核重病的兄弟前往阿尔及尔。1902年春天他返回,搬进罗莎在此期间于柏林一个居住区弗里登瑙找到的一间公寓房,她说,这个公寓单元"感觉像一个真正的家"。但是在她和姚吉切斯破裂之后,这一感觉消退,而他仍然称这是他的家(信75)。

但是漂泊的生活结束;迁徙、无家可归之感、有家具的房间。"我最喜欢留在家里，欣赏凝望这些可爱的房间……"然而，"这个家没有小孩子，空空荡荡，守在家里十分呆气。"她在寄往阿尔及尔的信中说："我感觉十分孤独。我觉得，如果有个孩子，我就会恢复生气。这样，我至少想要一条狗或者一只猫。"（1902年1月3日）在他们的亲情开始解体的时候，她获得一条小狗，告诉姚吉切斯说："小淘气一分钟也不准'妈妈'离开他。"（1905年7月31日）

在俄国1905年革命前的几年，卢森堡成长为德国社会民主党的民族英雄。身为激进的马克思主义政治家，她和德国社会民主党中的保守派之间的龃龉日益增长。这并不是一种挫折。她不在乎对她个人的非议——什么"女人政治"，"脾气坏的女人""无根的犹太人女人"——她继续进行有时候是单枪匹马的战斗，却不受干扰。她安慰愤怒的姚吉切斯说："你最好一劳永逸地适应这个状况……现在或者任何时候，什么也不能迫使我回应……这样的污秽……；这是有辱人格的，我拒绝回应，即使这不过是我一时的随意做法。还有呢，我的爱，用不着劝我为自我辩护多费笔墨。三言两语已经足够，最好是不予理睬。"（1899年12月5日）

她不断地游说被合并到德国的那一部分的波兰，同时把新闻传送到阿尔及尔："……现在，在波兰最受欢迎的名字就是我……"（1902年1月22日）参加在美因兹、慕尼黑和耶拿举行的德国社会民主党会议；参加在巴黎、布鲁塞尔和阿姆斯特丹的社会主义国际会议；为《莱比锡人民报》（有几个月任副主编）和《新时代》供稿，她对编辑部策略的影响稳步上升；发表了几十次演说和报告；发表文章和评论（在1900—1905年超过200篇）。《莱比锡人民报》的主编职位虽然提供给她，但是最终没有实现，担心她"在党的辩论中过火"（信50）。

她在1904年的文章《俄国社会民主党人的组织问题》中开始评论质疑列宁的政策。在欧洲舞台上，她是首批承认列宁政治才能的人士之一，是布尔什维克的支持者，同时也是批评者。她写道："列宁想到的'纪律'不仅靠工厂，而且同样靠军营、靠现代官僚制度输入给无产阶级，总之，靠集权化的资产阶级国家机器的全部机制……列宁主张的超极权主义本质上充满着夜巡者贫瘠的精神，而不是积极的和创造性的精神。他主要关注控制全党，而不是赋予活力，是把党整饬得狭隘，而不是发展，用制度约束，而不是团结统一。"[1] 他们对于革命的手段和目的的不同观点没有减少他们彼此之间的尊重。"列宁昨天来了，两天之内访问我四次，"卢森堡后来信告康斯坦丁·蔡特金，"和他谈谈话很愉快。他很干练，博学，他那类型的丑脸我倒挺喜欢看看……"（1912年2月）直到1918年她才完成评论文章，附加有一篇对于列宁治国第一年的评价，文章收入在她去世后的1922年发表的《论俄国革命》一书中。

1904年也让她初次经历了监狱监禁，在她获释的时候，这

---

[1] 罗莎·卢森堡，《选集》（华沙：图书与知识，1959），卷1，页340—345。

一次经验令她自诩"全面的生活经验"（信57）。她被判入狱，罪名是在她一次演说中侮辱了威廉二世皇帝。但是，与其说这是她反抗皇帝的斗争，不如说是反抗把她折磨得精疲力竭的、反抗姚吉切斯"精神自杀"的斗争。

俄国1905年革命很快席卷了波兰，制约了他们二人关系中逼近的危机。姚吉切斯迁居奥地利占领的波兰领土（被俄国、普鲁士、奥地利瓜分的波兰三部分之间有国境线），他在那里组织和监督了波兰王国和立陶宛社会民主党（SDKPiL）机关报《红旗》的出版发行，担任另外一个刊物《来自战场》的主编。他还指挥向俄占区波兰走私和分发非法文献。作为频繁而非法往返华沙的客人，他动员了党的力量：波兰王国和立陶宛社会民主党成员数目从1893年的200人戏剧性地发展到1906年的30000人。在受到五年的强制性的无活动之后，姚吉切斯得意扬扬，急切地保卫自己的战场免于卢森堡的干扰。不耐烦的、愤怒的话不断地从柏林传来："你到底在克拉科夫干什么呢？"卢森堡问询。（4月30日）"你真的连给我写封信的一分钟时间都没有吗？……"（5月4日）"到底为什么我一点也不知道波兰和克拉科夫现在的情况呢？！"（6月28日）她的询问都没有得到回答。

1905年革命暴露了卢森堡和德国社会民主党人之间的鸿沟，这是做革命家和纯粹理论研究之间的鸿沟。这个鸿沟之间无法架桥连接。卢森堡颇具修辞意味的问题"你们什么时候才能从俄国革命军最后学一点东西呀",简直就是给德国人的一记耳光;德国人根本没有从"亚洲野蛮人"那里学习什么东西的意愿。她把这场革命视为历史的必然性,而德国社会民主党把它看成一个哲学的、抽象的议题。她要完成她最后的使命:建立德国共产党——但是她陷入孤立,孤立的处境正向她凶险逼近。

她的个人生活也没有带来安慰。1905年她对身在克拉科夫的姚吉切斯的突然访问,以遭他怒斥而告终;他说她用"杂碎"对待他,尽管她还说要努力"解释清楚"。卢森堡指称为W(信62)的一个男人出现在她的生活中,大概只是因为她要把姚吉切斯摇晃醒来的绝望努力中出现的。他的确在9月到柏林来把"事情摆平",但是在1907年变得毫无退路的破裂早就开始。在1905年12月卢森堡在华沙和姚吉切斯聚会之前,她一直没有停止恳求他忘记过去,按现在的局面生活,不要绝望。

1906年3月,卢森堡和姚吉切斯在瓦莱佛斯卡伯爵夫人的公寓中被沙皇警察逮捕;他们是化名在那里居住的。卢森堡在6月依靠保释金释放,在芬兰逗留三个月(和列宁频繁接触)后,在1906年秋天返回柏林的家。此时,姚吉切斯被判八年监禁之后逃跑,在1907年4月回到这个家来,她告诉他,那不再是他的家。

信 43

(美因兹)星期五,晚(1900年9月21日)

我唯一的、疼爱的金宝!

我终于能够给你写封短信了。(德国社会民主)党的会议今天正午闭幕。在一次提前的晚餐之后,我在莱茵河上泛舟,现在刚回到旅馆。

你必定从报纸得知,我忙于对付关于关税政策的辩论。卡尔维尔[1]的发言简直是胡说八道。他发言后,我必须发言纠正,虽然毫无准备,但是,尽管出自纯粹的愤怒,我的发言还是不错的。在沃尔马尔[2]发言之后,我又发言,他显然是避免和我纠缠的。沃尔马尔的提议最后被否定,我的全部提议都得到采纳。据倍倍尔和其他人说,沃尔马尔怒不可遏。接着,偏头痛害得我星期四一整天卧床,直到今天中午,所以我不能参加关于地方选举的辩论。不过这并没有造成太坏的影响。我和辛格[3]、雷德布尔,以及柏林人

---

1 理查德·卡尔维尔,经济学家,最后成为德国社会民主党右翼成员。
2 格奥尔格·冯·沃尔马尔,德国社会民主党右翼领袖之一。
3 保罗·辛格,德国社会民主党领袖和组织者之一。

一起投票。

大致上，我们的运动对党的会议十分满意。

1. 我们在关于国际政治的辩论中的胜利是毫无疑义的；辛格本人不得不承认。

2. 不用说，在关税政策辩论中我能得胜。

3. 在柏林，在执行委员会中，我们获得附加的两个席位！

我自己的确得益颇多。我是唯一一个持续支持我们的政策的人。辛格为我高兴。许多代表感谢我生吃了卡尔维尔，感谢我在国际政治上的立场。（……）我得到邀请，在全德国的大城市演讲，最重要的邀请来自，美茵河上的法兰克福、美因兹、菲尔特、纽伦堡，换句话说，德国南部，也来自波鸿。（……）艾斯纳在晚餐上告诉我，我已经完全掌握了德语（海尔茨菲尔德表示同意），而且，就风格而言，在大会上，我是最佳讲演者！这是他所给予的最高的褒奖。最后，我和奥尔的关系甜美如糖。明天我们大家一起前往巴黎，在那里我会扮演奥尔"岳母"的角色。整个这一段时间我都亲近着蔡特金，在巴黎也在一起。

我在巴黎的演讲稿还没有准备好，但是星期日一整天都可以用来准备。（……）偏头痛好了，希望明天旅行没有问题。我亲爱的，金宝，在路上和从巴黎，我都会写信给你。

亲吻你一千次。一切都好。对我表示满意吧。

你的 罗

倍倍尔和其他人称我"征服者"（在关税政策方面）。我不是故意提出巴伐利亚问题的。

信寄巴黎，弗瓦戴克·奥尔舍夫斯基代收，波米埃大街47号；用两个信封！

明信片 44

（比得哥什）（1901年6月9日）

一切顺利——我的决定得到一致接受。[1] 也办好了和西莱姆斯基的事。搬出了这个旅馆——太脏——找到另外一家。星期二返回。再见。

---

[1] 德国社会民主党第二次代表大会，在波兹南地区的比得哥什举行。

明信片 45

（拉维奇）开会之前（1901年6月25日）

修改了给《人民警卫》的报告，给扎苏利奇[1]写了信，到了这里。明天去弗罗茨瓦夫，不去柏林，因为同志们要我回到这里再逗留一天。你不知道他们多喜欢我呢。对会议的印象的确深刻。我十分疲倦，但是无论怎么样也要再坚持三天，然后到亚库姆弗基（一个农村）去喂鸡。

你的 罗

---

1 薇拉·扎苏利奇（1851—1919），俄国革命家，"土地与自由"成员，民粹派运动的组织中心。1878年她开枪射击圣彼得堡总督特列波夫将军。受到审判和宽恕后，她逃往国外。和杰出的马克思主义者普列汉诺夫与阿克塞尔罗德一起，她创建了"劳动解放"协会，在俄国宣传马克思主义。从1900年起，和列宁合作编辑《火花》，1903年分裂之后，加入孟什维克行列。《火花》是俄国社会民主工党机关报，列宁于1900年在国外创建。1903年以后一直到1905年停刊，都是孟什维克的报纸。

信 46

序号1

（柏林）（1902年1月6日）

我亲爱的！昨天收到你的1号信。从今天起，我按你的要求为我收到的信编号。你写的医生的判决对我像当头一棒。我对阿尔及利亚抱以很大的希望，甚至现在我也认为地方医生的诊断和塞纳托尔（医生）的诊断之间的区别与旅途劳乏和营养不足有关。[1]舒适调养一个星期，他（约瑟夫·姚吉切斯）的病情就会好转。急切期待进一步消息。塞纳托尔（医生）明确而专门地谈到患病年数！他的话是可信的。

尽最大努力，让这可怜的人相信多吃饭可以得救，让他吃得心满意足。这是最后的办法，外加空气和阳光。他常常去看医生吗？你在奈尔维的时候我写给你的一封信（半途遗失）中，我记得告诉了你一个类似的情况。我还听考茨基说，他兄弟患肺结核，他们放任不管，但是他在南方（在波岑，在第洛尔）痊愈，现在在维也纳生活得很好。所以你看，这

---

1 姚吉切斯带着患肺结核的弟弟约瑟夫（奥西普）前往阿尔及利亚，约瑟夫两个月之后病逝。

类的遭遇比你设想得要多。

我在信上和你谈到过可怜的波特莱索夫吗?还有迪茨根,你弟弟年龄的。他们把他送回意大利独立生活,后来他返回了美国——在这里他因为患间歇热被送进医院!所以说,我不放弃希望!

因为又有一个灾难滚落在你全部其他难题之上,你说出了关于你感受到的"愤怒"一席话——请你原谅我要说的话,我亲爱的(正如我嫂子说的)——你的一席话我看不明白。这是一个用谁也看不懂的心理学梵文写的论断,我是经常无从索解的。在我这个头脑简单的人看来,你母亲的逝世和你弟弟的悲剧是唯一值得同情和尊敬的灾难。"一切都令我厌腻","令我感到百无聊赖",乃是某种毫无意义、野蛮的精神自杀的症状,就像你弟弟的行为乃是某种躯体的自杀的症状。这是同一种自我毁灭的线路;它咬啮存在之根,却毫无道理和目的。的确,它的面貌本身就足以令人发疯。看到你弟弟因为不假思索地虐待他自己的躯体而导致全然销毁,你因气恼而痛感无力,那好,想一想我的感受吧。想一想我日复一日、年复一年感到的恼怒。我在无奈之中眼睁睁看着你同样地对待你的灵魂。你也是正在销毁你自己呢。没有道理,同样的野蛮的疯狂。

现在,正当你严重忧虑的时候,我说这些话,你一定冒火,但是你知道我不是外交家,所以,心里有话,不吐不快。

（……）

家里一切都好，唯独附近传来的永不停息的音乐整天在我耳朵边嗡嗡的，讨厌至极。就连现在我也几乎不知道我在写什么，弹奏肖邦的钢琴曲子声吵得我一个钟头又一个钟头地昏昏欲睡。我等你弟弟的消息，十分忧虑。你为什么给我写信老是在深更半夜里？白天没有时间吗？得熬夜吗？我不是求你早睡吗！！拥抱你。

            你的　罗

邮局转送一封致阿尔及尔给你的挂号信，拒绝交给我。

告诉我怎么处理你弟弟的来信。销毁？寄给你？信都在这儿呢，当然没有打开。邮费是一大笔，信里没有什么重要的事，肯定的。

信 47

序号8

（柏林）（1902年1月20日）

我亲爱的！（……）昨天考茨基一行三人来，艾斯纳夫妇，还有施塔特哈根，他自然是晚9点以后、我们晚餐快完毕时候到的。桌面看着很好看（甚至每个盘子里都有一小束花，一束10芬尼，中间有一盆风信子花）。菜都很好。先上鱼子花卷（别担心，只有50芬尼）、三文鱼和鸡蛋，接着是菜汤和夹香肠花卷、酸汁鱼、牛排蔬菜、水煮水果、甜食、奶酪胡萝卜、烧酒黑咖啡。饮料：啤酒和柠檬汁。每上一道菜，他们就对我开一个玩笑，尤其是艾斯纳；但是每道菜都吃光，最后一致要求香槟。我去厨房拿出你弟弟寄来的那瓶，他们都露出蠢相。当然，一瓶都喝光了。我们给辛格寄去一张图画拙劣的明信片，有大家的签字。他们逗留到半夜一点半。艾斯纳夫人带给我他们一家的彩色照片，相框是金色的，美丽。我把它放置在小桌上，看着非常好。现在我得去工作了。拥抱你。

你的 罗

我们正在和瓦尔斯基讨论报纸的事。第一期是最低限度的四页，篇幅和《新时代》一样。你建议什么主题？

不要错过《黎明报》上波特莱索夫的文章《圣女》。我认为，这是唯一一篇用优美俄语写的文章，不是用国际通用的马克思主义行话写的。有一点模糊，但是充满热情！令我激动。

(不按时间顺序)

(柏林)(1902年2月13日)

(……)你对我菜单上胡萝卜"请原谅,我亲爱的"的批评不得要领。是的,在德国这里,胡萝卜是和奶酪一起上桌,在正餐之后。你不要装懂。(……)

信 48

序号14

（柏林）星期二（1902年1月28日）

我亲爱的！今天收到你的第3号信，日期是星期五。昨晚去开会。我想，克拉拉·蔡特金的发言不错，虽然不是出类拔萃。我起草的决议得到一致通过。我要寄给迪勃雷伊[1]，让他高兴一下。可怜的克拉拉累坏了。她忘了一些事实，没有提到我，虽然逐字逐句地引用了我文章的好几个段落。大厅很大，大概有500人到会，人挤得满满的。半个大厅，当然最好的位子在前排，自然被俄国人或者俄国犹太人占去——这些人看着很不顺眼。

我得陪同克拉拉走到莱比锡大街的帝国大厅，因为她的视力减弱（另外一只眼睛出现白内障），夜里她不能单独行走。她和艾米·斯托克[2]约好见面。斯托克和党的"精英"一起出席了"妇女与少女"会议，在会议上，克拉拉·弥勒（我

---

1 路易·迪勃雷伊，法国社会主义者和记者。
2 艾米·斯托克，女工组织"工人阶级妇女联合会"第一位领袖；该组织在德国社会民主党资助下成立。

在梅林家遇到的一位女诗人，吐音不全）朗诵了自己的诗作。这样，我们在帝国大厅遇到整个"团体"：奥尔斯夫妇、格拉德瑙尔夫妇[1]、艾斯纳夫妇、施塔特哈根，等等，等等的。我想立即离开，但是他们不放我走，坚持我们一起步行回家。

他们都谈到我"六道菜"的晚餐，和我开玩笑！一大堆闲言碎语的！你想啊，净注意这些琐碎的小事！注意：艾斯纳夫妇和格拉德瑙尔夫妇最是坚持陪我跳舞的。

下星期日我和克拉拉一起到艾斯纳家去，同一天晚上我们还得到考茨基家的邀请，他也请了倍倍尔。我只得表示歉意，晚间我得带克拉拉回家，她要在我的住处过夜。

星期日上午我要请雷德布尔来，因为我建议克拉拉给她莉莉·布劳恩[2]的书，为《平等》写一篇书评。因为克拉拉需要和我一起午餐，然后和我一起到艾斯纳家去，所以我大概得请雷德布尔留下来共进午餐。你看，因为克拉拉，我卷入了党的活动旋涡。不会持久的，而且有某些益处。

至于辛格，你是完全错了。在考茨基面前他几乎哭了（他在海曼家见过他），因为他不能到我这儿来晚餐。我在《前进报》上得知在他的选区（那天晚上）他的确做了演讲。

---

1 格奥尔格·格拉德瑙尔，德国社会民主党右翼成员，任职《萨克森工人报》编辑部，后来在《前进报》编辑部。
2 莉莉·布劳恩，德国社会民主党妇女运动杰出成员，作家，著有《一位女社会主义者回忆录》。

你对我们波兰报纸的任务和使命的评论，我很感兴趣。人怎么成为这样的梦幻者！而且都是因为现在在马尔赫莱夫斯基手里的一张非法小报！你也是，谈论波兰社会的精神领导，谈在对全部三个入侵者统治对舆论的决定性影响，等等，等等。这样一个严肃的人谈这种无聊的事！……我完全意识到了这些理想的存在，正如我意识到了我们应该努力办好我们的报纸，但是你却在做梦——梦想非洲的阳光必定照到你的身上。（"你在幻想，你……"）

我细心浏览了你寄来的几期《小共和国》。我已经有几期了，考茨基送来的，做出了标记，但是你标出来的几处会很有用的。

我无意卷入克里切夫斯基的事务。倍倍尔决定在《前进报》中重印《曙光》的回答，而克拉拉为了回应我的建议而在昨天的发言中猛烈抨击了克里切夫斯基。她也要求《前进报》的记者向她展示他对她的发言的报告，以求确知没有什么内容被隐蔽。

就此打住，因为安娜（女仆）等着到邮局发信。

问候你弟弟。拥抱你。

你的 罗

信 49

序号20

(柏林)(1902年2月11日)

我亲爱的叼叼!(……)旅途中有意思的事不少,一如既往。在莱琛巴赫会议之后(在每个城市,会后都必得和几个同志谈谈,一直到下午两点,这我是不在乎的)——对,在莱琛巴赫,地方的大人物之一不断地瞪着瞧我。最后他终于开口说话:"你不可能超过二十七岁,我还以为你四十二了呢。""为什么呀?"我问,感到奇怪。"从你在《南德邮报》上的照片看的。"你可以想象,我实实在在大笑了一阵。他们显然把报纸上的漫画看成了真实照片,每个人都真诚地保存了那天的报纸。

还有呢,在梅兰纳的会议之后,有人紧盯着问我妇女权利和婚姻问题。有一个干练的年轻男织工,叫霍夫曼,热切抓住了这个问题,他读过倍倍尔、莉莉·布劳恩的文章和《平等报》。他和几个老同志争执不休,因为老同志坚持妇女应该留在家里,要求我们为消除女工工厂而战斗。我表示同意霍夫曼的看法,他立刻得意起来,大喊:"你们瞧,权威人士支持我！"一个老年男人说，对于一个怀孕妇女来说，在工厂里，在年轻男人中间工作，是一种耻辱。霍夫曼大叫："这是反常的道德概念！我提醒你们，如果我们的卢森堡怀孕了，今天还发表演讲，我就更加欢迎她！"听了这句意料之外的言辞，我感觉要笑出来，但是他们都表现得很严肃，我只好咬紧嘴唇。

无论如何，下一次我返回莱琛巴赫的时候要尽一切努力怀上孕。你明白吗？道别的时候（半夜两点钟），这个年轻人站在我面前。他就一件要事征求我的意见：虽然现在婚姻是一种虚伪的体制，他是否该结婚呢？幸而我说："当然了。"我的回答显然令他高兴。周围人的微笑和低语，和后来他自己的告白表明，显然他是即将结婚的。时间快到了。他的未婚妻已经处于令他如此欣喜见到的状态。（……）

在各次的会议上，都有很多人参加工会，订阅党的报纸。整个旅途虽然劳累，但是在精神上令人振奋。我访问了格劳豪的地方纺织学校。校长很有礼貌，带我参观。得知不少有趣的事。搁笔，得给克拉拉写信，还有梅林！拥抱你！

你的　罗

信 50

序号25

（柏林）（1902年2月21日）

我亲爱的叨叨！昨天忙了一天，不得给你写信。今天是安娜的洗涤日，所以我做饭、清理。今天下午我在阳光下散步一小时，清冷的空气弄得我精疲力竭，我怕给你写信，因为要告诉你的事情太多。

先说说业务。你的26号信日期是15日，要格兰杜兰（一种药物），信是今天到的。今天太晚了，我明天肯定去办。

说一下媒体中的事。你不在这儿多可惜！咱俩可以坐在沙发上，安安静静地谈谈。瞧这乱七八糟讨厌的笔迹！好了，昨天夜里我从我哥哥那儿回来是晚上8点钟[1]，看到梅林家女仆送来的一封信。信上说："亲爱的拉科夫斯基[2]！请立即到这里来，莱比锡的同志们在这里。问题解决了。乌拉！ F.M."当然我得去施台格利茨（柏林的一个地区），在那里遇见了梅林、克莱曼和拜尔（出版委员会），他们已经期待我到来。显

---

1 卢森堡的哥哥马克西米利安（穆尼奥）当时在柏林临时居住。
2 拉科夫斯基，梅林杜撰出来的搞笑诨名。

然从 6 点钟他们就在梅林家里一直等我（他们没有我的地址）。我们去了一个酒吧（这些人在晚上 11 点动身前往莱比锡），他们在那儿宣布他们要求我加盟《莱比锡人民报》，因为其他的候选人"不配莱比锡"。

他们要采取的程序如下：首先，出版委员会正式邀请我成为固定撰稿人[1]，然后我们做出安排，让我迁居莱比锡，他们立即补充说，任何的障碍，比如租房合同，"莱比锡都能够帮助解决"（显然他们和梅林讨论了全部的细节）。梅林主持会议，十分愉快，因为他觉得问题解决了。但是我，因为邀请突如其来，没有时间考虑，心里做了一番迅速的盘算，说："我尽快答复大家。迄今你们的邀请只限于为《莱比锡工人报》供稿，对吧？我没有理由拒绝。我准备合作，细节再做讨论。关于进一步的计划——我迁往莱比锡和接过编辑职位——不是简单的事，现在不能给予确定的回答。得看一看。"

他们同意，当然是重复梅林的话：没有别的解决办法，这就是了。我没有争辩，第一，因为我不知道做什么决定，不和你商量就不能说出确定的话；第二，因为这是一种预备性的讨论。实际上，即使充当广告人也是需要出版委员会的一年正式邀请书的，他们在 3 月的后半个月发出（我要求这个日期）。委员会邀请我在开幕会议上做报告，同时召开会

---

1 德国每一座大城市都有自己的社会民主党报纸。按照德国社会民主党的指示，每种报纸都受到一个舆论委员会的监督。

议，邀请我参加。梅林夫妇和我一起去莱比锡！（他们简直高兴疯了。）

就是这样的。你看，生活不给咱们一点安宁。总要出现一点情况把生活颠倒过来。但是这一次的事具有重大意义，必须细心考虑才能决定取舍。

我也不必在3月的会议上做出正式决定，因为只有我的合作事宜在那里讨论。但是另外一方面莱比锡那些人和梅林都理解我的合作就在于遵从编辑方针，直接支持报纸。延宕太久是不合适的，梅林不会原谅我。即使3月在莱比锡我不给予确定的答复，我自己至少也必须知道我要什么，因为内心的犹疑总是表现出，而且引发出不信任和缺乏尊敬感。所以我必须立即和你讨论（考虑到我俩之间通信的蜗牛速度），在我前往莱比锡之前总要得到你确定的见解。

事实上咱俩都知道全部反对和赞成的意见，要点却是哪一方面占上风。但是我仍然觉得我有义务给你提出一幅关于时局的综合性的、虽然很简要的图景，不让一事脱离你的注意。

首先，让咱俩骤然不安的是对一种新的不和、对于咱们刚刚建造好，甚至尚未享用的安宁港湾的破坏，是离开位于安静的弗里德瑙的这个舒适的公寓房。换句话说，一种变化，一场不和，一种紧张关系，而咱俩恰恰是渴求安宁的！！！对于这一点，你可能写出的每一句话都不是必要的，因为你对安宁的渴求可能不如我多。所以，咱们长话短说，从不同的角度

来看待这个问题:

首先,立即迁居莱比锡绝不可能。在 10 月以前,我无论如何不会同意迁居,因为你要回来,咱俩要度过一个安静的夏天和休假。其次,现在咱俩感受到的希望感和安全感来自咱们终于享有的咱们自己的住宅和咱们自己的家庭。当然,这一切在莱比锡也能够享有。现在的境况甚至和在德累斯顿的境况也是截然不同的。[1]再也不要那种疯狂的荒唐生活,在旅馆里居家过日子,等等。绝不重演。在莱比锡,咱们要以纯粹的德国方式有条不紊地、悠然地在靠近森林的别墅区找一套合适的公寓住宅(莱比锡的森林好极了),然后满满地打包咱们的家具(当然要让党来付出搬家的费用),带安娜(女仆)跟着咱们。一言以蔽之,悠然办理,不紧不慢,妥善安排,以真正中产阶级方式办妥诸事,然后我才接受编辑职位。咱俩在那里的生活将会和在这儿一模一样,还要烹调同样的"苹果汤汁",你回忆起来就感到津津有味的。(注意:你这个没良心的小猪儿,你为什么在信里说"如果没有西红柿汤,那'至少'也有苹果汤汁!"别嫌我说话难听,你肚子里不是有很多次撑满了西红柿汤吗!!)

当然你必须知道,在莱比锡生活是能够和在弗里德瑙一样安宁和愉快的。还有,那儿没有考茨基夫妇和诺依菲尔德

---

[1] 卢森堡指 1898 年在德累斯顿生活,当时她任《萨克森工人报》编辑。

夫妇：一个都没有。勋朗克连一个人也不认识，因为那儿没有党派知识分子，只有普通工人。不管怎么说，没有一个人认识咱们，而且，我不会去出头露面，咱俩的关系能够避人眼目（只有在一起进城的时候，得稍微谨慎一点）。还有，有一个很好的剧场，咱们可以经常去去，有免费的、极好的音乐会，而盖过一切的是，每年有五六个星期的暑假。

现在谈第二点。除了外在的烦乱，还有辛苦的工作、责任，总之，内在的不安。对这一切的回答是：这些事项和四年前在德累斯顿的时候显得完全不一样了。在那时候我一点也不懂得中产阶级报纸，不熟悉《十字架报》（实际上名称是不同的）。当时我对办好一种报纸的技巧的概念十分模糊。今天我熟悉资产阶级报纸，没有当时在德累斯顿的那种感觉，似乎我乘着一条被丢弃的船只出航，走向没有标记的海洋。

另外，请你注意，《莱比锡人民报》在技术上组织良好，水平很高，我不必引进什么改革，像以往在《西里西亚工人报》那样。不必改善形式，内容——有尊严的文章和故事——乃是仅有的关心所在。这方面我可以指望梅林。现在他全心全意专注于这个报纸，在我有所不足方面会给予我帮助：普鲁士历史、普鲁士政治、学术生活、党的历史，等等。我自己将要专注与党的路线和党的政治。古诺夫盼望工作，干活像机器一样，可能因为梅林而受到吸引，可能还有施佩尔，和几个法国人。所以，相对地说，我不会有那么多的工作。何况，杰克继续留任，梅林说他是一个效率高的作者。

这件事给咱们带来什么呢？第一：不少的收入。咱们能够生活得没有忧虑，在瑞士或者在海边度夏，穿得体面，给房间买东西布置点缀（接济咱们的人——这是我特别在意的），你知道，我想着安佳（姐姐）呢，每个月省几百个马克。

其次，也是最重要的：政治立场。你知道这对于担当主要政党报纸主编具有多么重大的意义。你也知道那些守旧派和诸如此类的，巴伐利亚人，外国人，会立即对我无法等闲视之，意识到我手里掌握着这样一个强有力的工具。最重要的，立场；坚定的立场每天都在那里不是使用另外的努力来保持，而是用又一篇的文章。

第三：生活和工作受到外在的结构制约，而不是每天早晨都提出从哪儿开始、写什么、达到什么目的。我想，提供稳定和秩序的某种外在的框架会比任何其他事物都更好地安抚和调理我们的精神。你的来信证明，你所需求的不是某种慵懒的、毫无目的的安宁，而是通过斗争和工作获取的安宁，稳定而有序。虽然你周围有种种的惨象，虽然渴望安静，但是只有在你听到战斗号角声、工作和斗争的声音之时，你才觉得意趣萌生。我敢说，世上没有什么工作是比编辑工作更稳定和宁静的。

还有一事。你也许狡黠地回应说："既然你这么热切鼓吹生活的秩序和规律性，你为什么不努力在你的生活中实践几条呢？"好，在这里你错了，错得厉害！自打我有了自己的家和我自己的家庭以后，咱们就一直按照钟点准确地生活。每一分钱花得都有案可查，每一件事都及时处理，每封来信都迅速回复。我保持整洁——烹调、洗涤、清理，衣服和床单，图书和文章、报纸无不放置井然。一句话，这是最规律的、完善的生活，你一回来，就不适应。我已经制订了这样的生活方式，你最好慢慢适应咱俩家庭的日常安排。

我是没有尽力多做事，但是你不要忘记，在你离开以后，我在精神上完全垮了，费了好几个星期的时间才算振作起来。工作不确定，和《新时代》关系不好，缺少《莱比锡人民报》给予的激励，都是处境困难的原因。你最理解，为了有效地工作，我是需要激励的。

还有一点。有一次你在信上说，梅林想要帮助我（找工作），你肯定持反对态度，因为你学会了更加沉稳地看待事物，遵循德国人的范例：像梅林那样，德国人出自最琐碎的个人原因而推辞最好的工作机会。实际上，首先是梅林正式推却了这个工作，因为"他的妻子在莱比锡可能没有社交生活"。他对我坦言了全部的实情：他没有期待获取威望或者更高的地位，实际上，他很担心在新工作里失去威望，因为他没有当过编辑，也不怎么喜欢编辑工作；真实情况是，在别人办报的时候，他只为《柏林人民报》写过社论。所以，你看，在梅林拒绝这个好果子之前，是经过三思的，而且受到纯粹而简单理由的引导：所得不多，所失不少。我正好位于相反的处境：名誉不会有损，直接充当编辑即可赢得荣誉。

还有，如果你我学会了更为沉稳对待事物而避免夸张，我承担的编辑工作是会得益的。让你我避免自找麻烦、避免妄想写出划时代的大文，咱们要平稳而坚韧地追求咱们的目标。

最后，得让我说这个话。在评估这个问题的时候，要抛开全部如此这般的考量：为什么布洛斯是他们的首选，为什么他们没有首先来找我，为什么这样，为什么那样。这些幕后琐事都会烟消云散的。剩下来是坚实的事实：由谁来承担领导党报的重任。如果这样随意的做法推出的决定竟会决定我俩多年的生活，那才简直是件怪事哩。

叨叨，我强调指出这些同意的思考，不是为了强迫你同意，而不过是因为你的秉性倾向于反对一切。[1]然而，我希望在一个像今天这样的重要时刻（你记住，这是一辈子只有一次的机会！我在这三家报刊试验过机缘：《萨克森工人报》《前进报》《新时代》），你要摆脱你与生俱来的不肯迈出大胆的一步这种积习（我说这句话你又要光火了；我浑身都起了鸡皮疙瘩），和你在关键时刻放大恐惧的自然倾向。

---

1 根据卢森堡的经验，姚吉切斯坚决反对她接受固定的工作。她得到《萨克森工人报》职位的时候，他打来电报，"无条件拒绝"。1899年，她获得《莱比锡人民报》的职位；她在8月25日信告姚吉切斯："……我最后决定接受在莱比锡的工作……"但是两天之后辞去了这份工作。姚吉切斯声称，固定的工作必然在学术上毁掉她，毁掉她的政治前途（信31）。

你清醒考虑考虑这赞成与反对的态度（要不就我给你寄去阿斯凯夫的一本小书《赞成与反对》），写信告诉我你有什么想法。我还没有做出决定，但是你知道我是不会做违背你的意愿的事的。

在弗里德瑙，梅林和我散步，一直到中午十二点半，还拍我的双手，高兴得发疯。他耐不住地想象这些老派人士听见新闻时候脸上的表情！[1] 当然，我要求他保密，还提醒他我还没有做出决定。梅林夫妇已经宣告，我在莱比锡安定下来以后，他们每个月都来访问，克拉拉·蔡特金也说每到柏林来必定造访（前景不错呢）。

明天晚上我得去看梅林夫妇。他提醒我："别忘了你的大门钥匙。"

这一大堆胡乱涂写，都是给你的，我累极了，但是 saturavi animam meam（拉丁语：我满足了灵魂需要）。

叼叼呀，我最亲爱的，我一心一意要让你生活得愉快！

---

[1] 编辑生涯未得实现。《莱比锡人民报》编辑部同时的一位成员，弗里德里希·施坦普佛向梅林提出如下建议："……有必要注意，让她（卢森堡）在党的论争方面不要走得太远……"施坦普佛，《经验与知识》（科隆：政治与科学出版社，1957），页72。

明信片 51

（比得哥什）星期四（1903年5月28日）

我的大宝!

昨天的会议非常之好。大厅里挤进来1500人，窗户下都站满了。到了极限。地方报纸鼓吹我来临，"SD—R的著名领袖R.L.在蒂沃里演讲"，所有的中产阶级都蜂拥而入。我的演讲效果很好，听众极为兴奋。在这里，运动确实蓬勃。

今天我要去参加在特什千卡的会议。我告诉卡斯普沙克直接和你联系；你信上告诉我的和这些事有关的每一句话都不着边际，我只好耸耸肩膀算了。你们一些人爱干什么就干什么吧；我现在没有时间写文章评论。会有给我的信来自柏林和这里。保存好。星期六见。拥抱。

你的 罗

明信片 52

（皮瓦）（1903年5月29日）

我的宝贝！

现在我在皮瓦坐着呢，等着开往霍杰什的火车。昨天在申朗克的会议极为美好。地方的同志们说，大厅里从来没有挤进这么多的人。戈托夫斯基，作为一个候选人，在我后面发言，哼哼唧唧地，在结束他演说词的时候把城市屠宰场比喻成社会主义的功能……今天我和他都在霍杰什发表谈话，明天我返回柏林。让安娜在火车站等我，不然我得雇用马车运行李。酷热难挡。我预计盖里什[1]的一封信是进一步的指示，在家里等着我呢。很可能我在柏林要逗留三整天。拥抱你。

你的 罗

我大概在上午 11 点 28 分到达弗里德里希大街。如果时间有变化，我今天发电报。让安娜 11 点 30 分在车站等我。

---

[1] K.A.盖里什，笔名为 A.盖尔，写关于德国工人的小说，获得可观的成功。他是一位钢铁工人，德国社会民主党执行委员会成员。

明信片 53

（格劳豪）（1903年6月10日）

我亲爱的！昨天会后我又不能给你写信，因为我得赶往格劳豪，当时已经过了午夜。昨天在上龙维茨的会议好极了。大家都说，那儿的会议从来没有这样大群的人参加。我听说1898年那儿有一次会议，奥尔做了发言，有45个人到会。而昨天到会的有900人。兴奋至极，他们欢迎我，欢呼道别，到火车站送行。今天我参加最后一个会议，支持奥尔。今天早晨我在这儿遇见格拉德瑙尔！昨天晚上他出席了一个会议，今天前往莱比锡。会见十分愉快。我觉得把握不足，虽然我发言有锐气，格拉德瑙尔感到惊奇，说我看着精神很好。我收到了《柏林日报》。拥抱。

你的 罗

明信片 54

(汉堡)(1903年6月24日)

我亲爱的！昨天会后我没得时间写信，会议开到晚上11点半以后。然后我必须赶紧行动，要赶上电动车（火车），赶回在汉堡的旅馆。

威廉斯堡的会议很成功，听众挤满会场。讲话困难，但是我依然足足谈了两个小时，极为成功。有很多人来自汉堡，有《汉堡人民报》主编，一个汉堡人，等等。十分感谢，无尽的祝贺。今天，在威廉斯堡，我要去出席一个波兰人聚会。无疑，这个地区我们丧失了，因为工作做得不好；汉堡人把工作都漏掉了。

昨天我没有写什么东西，因为回家以后我躺下想打个盹儿，却睡到早晨7点才醒！但是至少在会上我感觉精神很好。今天我要把全部的事写进一篇文章。健康很好，就是有头疼的毛病。明天回去。回头见。

罗

明信片 55

（德累斯顿）（1903年9月19日）

我的大宝！

累得我快散了架。关于策略的辩论今天结束。我没得发言，但是我不在乎。会议明天继续，[1] 后天我必须到法庭去；得到通知，没有人知道原因，也许是一个错误。他们必定把我错认为克拉拉（蔡特金）。有什么事，我会打电报的，不要着急，我和倍倍尔细谈了。大体上我情绪很好，心情好。

别担心，都是没问题的！克拉拉还是跟我一起回来！

几百个亲吻！

你的 罗

---

1 德累斯顿德国社会民主党代表大会。

信 56

（原文是德语）

（茨维考的监狱[1]）星期五（1904年9月9日）

整整两个星期了，1/6过去！

我最亲爱的莱奥尼[2]！有两件事得帮助我——紧急。需要一件暖罩衫，尽快给我送来。我穿的细薄布衣很脏了，在这里毁了细洋纱布，可惜。奇怪，在这儿，衣服磨损得这么快，比在家里快得多，虽然在这儿我一事不做，几乎一动不动。莉莉（嫂子）答应送我一条裙子（海昌蓝色裙子穿坏了，带高贵衣裾的黑色裙子用在囚室很不合适！）。尤焦来看我，会提醒莉莉的，所以我不久会得到这裙子。到我离开监狱的时候（10月26日上午11时）我才需要帽子，因为我只在这儿院子里放风，不戴帽子。找一件44号的罩衣，越简约越好，色彩不要显眼。穆尼奥从华沙汇来100马克，当我自己的饭

---

[1] 1904年，卢森堡被判处监禁三个月，罪名是在一次讲演中侮辱德皇威廉二世。
[2] 为应对狱中检查，卢森堡以女友身份致信姚吉切斯，对姚吉切斯的称呼变为莱奥尼。

费，但是我没有接受，因为迪茨[1]满足了我全部的需要。很抱歉，尤焦来看我的时候我偏头痛正发作，脸色不好，很抱歉。一般地说，我感觉还好。

第二个要帮的忙：把这封信的后半立即交给卡尔（考茨基）[2]。（……）

我这儿的情况你都想知道。作息时间：早晨6点起床，7点送来咖啡，8—9点放风，12点午饭，3点送来咖啡，6点晚饭，7—9点开灯，9点就寝。送来《柏林日报》。我阅读不少，思考很多。瓦尔斯基做什么呢？希望你关心报纸，我答应克罗伊伯格夫妇的。让瓦尔斯基把我的地址交给克拉拉（蔡特金）。我愿意收到她的来信。

致意

你的 罗

我离开的时候，你许诺每天读一本书。对吗？必须读啊，我求你！现在我又一次赏识把严肃书籍变成日常生活一个组成部分的价值。读书挽救精神和神经系统。但是，你知道，马克思弄得我生气。我依然战胜不了他。常常陷进去，喘不上气来。

---

1 迪茨是党的出版人（参见信31，注1）。
2 文中没有补全姓氏，仅保留名字，以体现卢森堡对监狱检查的警惕。

帕尔乌斯做什么呢？代我问候他。给你写信，别让他感到孤独。

请尽快给我寄来德文版的《共产党宣言》和德文版的《神曲》(我们有这本书，雷克莱姆版)。

给我寄来几双长袜子(妇女最小号的)，但是先洗洗，因为新袜子会把脚弄脏。三双就可以了。

希望你继续早睡早起。一想到你看起来有精神我就高兴。我把这归功于你早起。但是为什么路易丝(考茨基)按门铃按这么长的时间呢？

信 57

（原文是德语）

（茨维考监狱）星期五（1904年9月23日）

（13-4=9）

我亲爱的莱奥尼！你先想象一下上面犹太人神秘哲学的公式。谢谢寄来包裹。罩衣非常好。我做了几处修改，一直穿着。帽子也成了一个"有意思的话题"，是不是？希望你不要纠缠这些话题，像古板的老处女戈迪洛克那样，要不然我要失去耐心了。我最后总算收到了外面寄来的一封信，有很多的事都想听听，而不是选购一件罩衣的长篇故事。我既没有收到《（共产党）宣言》，也没有收到路易丝来信中的剪报（卡尔的文章）。告诉她用不着寄送剪报。当然，你也许冒险寄送《闲言碎语》杂志[1]。——我想我可能收到了。好好开个玩笑是医治我全部忧虑的唯一良药，最后一个问题才是恢宏的。

你生活得这样孤独是不健康的和不正常的，我不看好。

---

[1] 《闲言碎语》(*Kladderadatsch*)，著名的政治漫画杂志，1848年创刊。

我现在的情绪令我比以往更加痛恨这样的"禁欲主义"。在这里，我不断地、贪婪地抓住生活的每一个火花，每一瞬光明，《柏林日报》上短文和戏剧评论的每一个细微的差别。我自诩一旦得到自由，就把生活最大限度地充实起来，而你，你就坐在那儿，腰缠万贯，像沙漠中的圣安东尼那样，靠吃蜂蜜和蝗虫生活！你可能会变成一个野蛮人，我亲爱的姑娘，在我出狱的时候，你拿撒勒人的毫无血色会和我希腊人的良好血色发生激烈冲突！像莱沃太太对她那只小猫说的，"布塞利，你小心着点！"记得不？我没有能够像她那样厉害地挥动地毯除尘棒。

你让我描述这个囚室吗，啊？任务不小，my darling（英语：宝贝儿）。我到哪儿去弄画笔和颜料才能对得住这一切的富丽装潢呢？我刚好注意到囚室墙上的一张胶版印刷的清单，我很诧异这儿有大约二十个物件呢。本来我还深信这个囚室空无一物的！此事教训如下：谁觉得自己一贫如洗，就应该坐下来，清点一下自己的物质财产，正是为了发现自己是多么富有。你应该经常盘点你的财产，但愿不要忘记把我这个微末之人包括进来——遗憾的是你常常忘记——你会感觉你像个老财。（……）

许多、许多的吻

你的 罗

信 58

（原文是德语）

（茨维考监狱）星期二（1904年10月4日）

我的好姑娘！你感到欣喜吧，因为我又给你写一封信，主要是为了让你放心，你这样深切关怀我的胃病。按照我自己的愿望，我停止了饭店的晚餐，返回监狱的伙食。现在感觉不错。我的胃口干脆是厌烦了精致的文化产品，现在渴望卢梭。所以近一个星期我迷醉于素食之愉悦，像尼布甲尼撒国王一样，被神性判决用四肢在地上爬行和吃草（海涅认为那是莴苣）。注意：每天晚上我仍然得到一块牛肉。所以你可以放心了，就永远忘了这个话题吧。就完全别再扮演"舅妈"的角色，别考虑送水果，别考虑我的口腹之乐——用俾斯麦的厨房拉丁语来说吧：Nescio, quod mihi magis farcimentum esset。或者，用普通的德语说：我不知道还想要什么！

你听见我昨天夜里喊叫了吗？你想象一下：半夜两点半，从酣睡中突然惊醒，不知道自己在哪里，在极度惊恐中我呼喊，喊我母亲[1]。我刺耳的尖叫声大概在弗里德瑙都能听见！

---

[1] 这是卢森堡谈到母亲的少见的场合之一。另参见信66。

整整十分钟以后，我才意识到我这样地呼唤母亲，时间晚了七年。你难以想象铺天盖地而来的一种压迫感。这一夜的时间是一个日夜追随我的阴影，而我似乎是通过一层薄雾看到阳光明媚的一天的。这肯定不是我这寒酸的囚室的过错，因为这样的梦境有一次也曾出现在弗里德瑙，当时只有我最亲爱的姐姐像"心地纯洁之人"那样安睡，什么也没有听见。后来我不愿意告诉你，因为那是你我"分手"那一周的七天之中的一天。

现在让我问你几件事吧：寄给我古诺夫关于卡特尔的系列文章，春天在《新时代》上发表的。我记得，这个主题很艰难，我带到这儿来的书全是垃圾。而且，这还是这一领域里"最基础的"著作呢。基本的问题就像是，开辟荒地……

在这儿我能工作吗？当然，这儿十分安静，只有儿童带着萨克森卷舌音说话的快乐声音从某个地方传来（我不知道我的窗户面对着什么地方），还有我想是从附近公园池塘传来的鸭子嘎嘎嘎的忙碌叫声。那些鸭子肯定全是母鸭子，因为她们的"嘴一个钟头也不闭上"。甚至在午夜，她们也还展开狂热的谈话，那嘎嘎嘎嘎声显得极端激情、信念坚定，虽然吵得让我冒火，我却时时给逗得笑了出来。

他们不允许我收取拉维纳[1]的信。关于卡尔（考茨基）和

---

[1] 雷蒙·拉维纳，法国劳工运动和工会活动家。

奥古斯特（倍倍尔），我的看法和你一致。去拜访路易丝（考茨基），像以往那样。

你应该和安娜（女仆）谈谈。如果从新年起我还雇用，这可怜的姑娘为什么要换工作换两次呢，不是把信用记录搅乱了吗？也许她能够把目前的工作做到新年吧？

那就好。现在你可以再多等一等，因为下一封信发到华沙去。咱们看看你是否找到"力量和内容"写一写你自己的事！……

信 59

（柏林）星期日（1905年5月21日）

亲爱的！今天上午收到清样，所以不可能按照你的要求"星期日"给你寄回去。[1]

我审读清样，十分细心，所以请你收入我全部的改正和两个补充：（1）关于武器，按你的要求。（2）关于经济斗争的补加。你给《红旗》[2]的附件的确十分醒目，而且提示我最后润色。问题清晰。你接管后，可以看到一个训练有素的人在工作；每件事都"恰如其分"，顺利发展。我依然不同意你关于工厂手续费的看法。你这头笨驴，你缺乏的正是"阶级"本能；你从过度的激进主义直接滑进了机会主义。这样的情况在一个人出于"义务感"而变得激进的时候容易发生。

实际上，补充在于对附件的引论，但是这个地方正好。

---

1 随着革命浪潮席卷俄国和波兰，姚吉切斯迁居到克拉科夫（奥地利占领波兰地区）监督波兰王国和立陶宛社民党出版物。以克拉科夫为基地，他非法穿行于华沙和波兰之间。

2 《红旗》（*Czerwony Sztandar*），波兰王国和立陶宛社民党受欢迎的报纸，1902年创办于苏黎世，后来在克拉科夫出版。

补充澄清了《接下去怎么办?》[1]的第一部分;不然的话,可以解读为阶级意识的觉醒只影响了那些污秽的药剂师、神职人员等。

作为一个整体,《接下去怎么办?》给人印象十分深刻,但是——但是——但是——"有个问题"——我坚决反对当作一篇政论发表。因为必将发表,所以《接下去怎么办?》格式要保存;只有这样才有革命的脉搏跳动。知识分子也不会看重一篇低下的政论,这一点正是你不能抓住的,mein lieber(德文:我亲爱的)。因此,我严格坚持《接下去怎么办?》的篇幅不变。我只在标题上让步。改称"从革命时代",副标题"接下去怎么办?"之二。

下面,在括号里,加上你想加进去的(总罢工,经济斗争,等等)。我很希望保留《接下去怎么办?》这个题目,就这一次——有点味道。但是,最后,还是让步吧。篇幅嘛,不行!给了印度的珠宝也不行。你这头蠢驴。

马尔赫莱夫斯基依然没有回答。他昨天早晨收到了我的信,所以今天下午应该收到他来访的电报。

不必责备德乌吉[2],我求你了。医生说他妻子状况不好;所

---

[1] 在《接下去怎么办?》一文中,卢森堡评价了1905年革命。
[2] 指米奇斯拉夫·多布拉尼茨基,波兰王国和立陶宛社会民主党成员。

以他去看她。为此而责备他就是野蛮行为。埃达[1]大概不能到这儿来，但是，我发誓，她做的每一件事都让我厌烦。我不可能时时刻刻把她从忧闷中拽出来，可是她那愁眉苦脸的样子又弄得我心烦。不过，这儿的事都会顺利的，别着急。德乌吉从苏黎世发来他的文章，好啊。至于要挣点钱，我会尽力。我今天或者明天还给你寄去一篇给《红旗》的文章。看样子没有足够的篇幅刊登论法国人（社会主义者团结一致）的文章。会寄去材料。维托尔德[2]没有寄来什么东西。

拥抱　罗

(……)

注意：不要删去我摘自密茨凯维奇[3]的引用语，不然我要公开抗议编辑们的蛮横。

1　埃达·希尔施菲尔德－泰南鲍姆，波兰罗兹意地区工人总同盟成员，后来加入波兰王国和立陶宛社民主党。1909年到1911年，担任《平等报》编委会秘书，20世纪20年代在明斯克共产国际工作，1946年以后，是波兰工人党成员。
2　伏瓦迪斯瓦夫·费恩斯坦，化名维托尔德，波兰王国和立陶宛社民主党华沙委员会成员。1921年以后，在苏联生活。在1938年大清洗中遇难。
3　密茨凯维奇（1798—1856），波兰最伟大的诗人。

信 60

（柏林）（1905年5月26日）

我的亲爱的！很高兴这一次你终于证实了你是"可能有错误的"。刊登出《接下去怎么办？》是白痴的梦想。

1. 给《红旗》第24期（不是第26期）的附件！！Mazel tov！（希伯来语：多谢，祝你好运！）

2. 神话故事，你还是留给你自己吧——虽然有一些"聪明的诡计"，也是"一事无成"。十六页占用了八个竖行，不管你怎么看它。把两页竖排成为一个竖行，附件就能够做好，用不着什么"聪明的诡计"（而且，我邮寄给你手稿的时候，是设想十二个竖行的）。

3. 二者必取其一！《接下去怎么办？》应该是《红旗》的一个附件，篇幅应该和报纸一样，或者，如果要成为一篇评论，则《红旗》副刊"之称是完全不合适的。我没有能够理解这个糟糕的行业——太愚蠢了，笔墨难以形容。

4.《接下去怎么办？》很好。但是，如果你保存老标题，意指这是一个续篇文章，你必须称其为《接下去怎么办？》之二！不然这样的重复要造成混乱。还有，你提议的副标题怎么消失了？

5. 不必盯着瞧一眼这样发臭的散文："只有通过这样的手段，像在其他文章中那样，例如，通过不断地强化游行示威"，等等。真是望而生厌。别让我看见这些胆小如鼠的"如果""但是""或多或少"——"这样的手段"或者清清楚楚说明白，或者干脆不要提出。这个风格虽然可恶，但是你说话留有余地的方式当中明显地有一个惧怕说出实话的、犹疑不定的男人之"小心谨慎"——这样的男人根本不知道要说什么。

如果我的风格要被"改正"，那我就搁笔不写。为什么我的"哥萨克人物"该被换成了"绝对君权的枯燥人物"。是哪个白痴写文章谈论绝对君权的人物的？我要问一问。拥抱。

罗

事实上，我的愤怒是《人民》引起的。

马尔赫莱夫斯基在这里开展业务。

电报 61

（柏林）（1905年9月17日）

亲爱的错过昨日电报接受员。今晨收电报。昨整日多人在此考茨基路易丝罗兹某人。难以著文。镇静亲爱的一切都会顺利。我坚定不移。今日将多写特别专递。千重问候。镇静。[1]

---

1 电报和姚吉切斯短暂访问柏林以后如下的两封信暗示卢森堡生活中出现了一个男人，她称其为 W。8月22日，她信致姚吉切斯："……我不理解在明信片上你用'下脚料'这个词儿指的是什么。还说我要'摆平'情况……你就是不愿意理解，在我和你的内在关系中没有丝毫的变化……"

信 62

（柏林）星期日，上午（1905年9月17日）*

亲爱的！我刚刚给你发去紧急电报。谁知道你什么时候收到。我发现你昨天的电报在屋门下面的时候，几乎感到绝望到顶。尤其是，邮递员今天早晨甚至没有按门铃，只把电报塞了进来。迟至 9 点钟，邮差按门铃声把我吵醒，我才看见它（小时工今天没来；上星期服务结束，下星期才来）。

亲爱的，我亲爱的，你为什么折磨你自己呢，为什么？现在我俩必须考虑的是咱们的任务，咱们的工作。咱们需要安宁，你和我，咱们大家。

对于我的决定，我是完全坚定不移的，像我在给你的电报里说的，所以你要镇静，只考虑未来。近来，甚至在昨天，我经历了一次考验，一种痛苦，但是现在我感觉到内心有一粒安宁、寂静的种子。

W 到这儿来了，知道已经做出决定，没有说一句话让我

---

* 日期笔迹是姚吉切斯的。

改变我的思想。他想到克拉科夫去，不再回来，应该拦住他。尽全力阻止他。

昨天我急切地想要给你写封短信，可是我在午餐时顺便看考茨基夫妇的时候显然感觉出来你已经走了，于是昨天早晨滑坡开始：他们俩，带着孩子，乌尔姆[1]和妻子，罗兹来的第二个德国人——他们是轮番地来来去去。后来我赶快去洗衣店。接着W来了，最麻烦的是每月都发作的剧痛。

路易丝·考茨基今天下午两点来接我，一起出发（去参加在耶拿举行的德国社会民主党大会）。我接到克拉拉·蔡特金的一封信。我们和考茨基夫妇都住在凯瑟霍夫旅馆。每天给我写来三言两语的。计算好上午或者晚间发信；白天我可能不回旅馆。

那天月台上一盏灯照着你的窗户很长、很长时间，一直到火车开车。我故意站在那个灯下，想让你看见我。在那最后的几分钟里，我急欲显得好些，精神振奋些，但是我做不到，你也是看着垂头丧气的。现在你气色一定又好了，记住！要强壮，叨叨，要强壮！最坏的是那儿只有安静和费力气的工作。我需要休息！

你也一样。

1　埃玛努埃尔·乌尔姆，德国社会民主党优秀的活动家和记者。他和他妻子马提尔达——一位作家和记者，从1920年起成为派往国会代表——都属于卢森堡私人朋友的小圈子。

亲爱的！你稳定下来之后,立即来信。全部这些事当中,关于卡斯普沙克的这篇文章,实在是太煞风景!

亲爱的,情绪稳定下来,保留希望。我亲切地拥抱你。

罗

信 63

（从柏林前往耶拿途中）（1905年9月17日）

亲爱的，我在路上，你还没有离开卡托维策。这样的等待很可怕。你记得，没有我你不能做出有关自己的决定。咱们一起考虑吧，等你结束了那些会议。

请给我写信来。我是会给你写的。你的眼睛！你眼睛里的那道目光！

罗

信 64

（柏林）（1905年10月10日）

亲爱的！今天收到了你的来信，信里除了长篇大论的开场白，你什么都没说。你还好意思批评我星期日的经历。你说我无事可做，你什么意思？你是不是忘了帮工女仆星期六晚上才来，所以我星期日"教导"了她。从一清早起，我就告诉她怎样整理第一个房间，下一个房间，怎样做饭、摆台、洗盘碗、冲咖啡、准备晚餐、整理床铺，诸如此类。一直到就寝时间。这有意思的引导是你的惩罚。现在你知道了，我不是"找借口"。

注意：我的家务操劳还没有完毕。这位姑奶奶女仆已经抱怨事事为难：她不能上楼梯，不能提东西。我最多凑合着用她一个月，但是我已经物色到了"办法"替换她，所以我不在乎。我更愿意观看油漆匠在天花板上画图。

现在我感到写作难上加难。真是的，我如果不抓住自己的头发强迫自己炒冷饭，我就当不了真正的作者。只有在不寻常的状况下，例如我感到兴奋的时候（比如我开始为《莱比锡人民报》工作，或者在二月革命过程中），我的笔才"有了灵气"。即使我费尽力气写出一篇文章，我也因为写不出一封体面的书信、觉得自己像一个外来的黑户一样感到灰心丧气。

你知道我枕边读物是什么吗？本韦努托·切利尼的《切利尼自传》[1]，歌德的德文译本。这是一本极为独特的书，作为15世纪意大利和法国的一面镜子，很有趣。我逐渐地需要知道我自己专注的古典作品。歌德对我有一种抚慰效果——一位纯真的"奥林匹亚人"，我感觉到和他的世界观有如此的亲缘关系，如此亲近。但是遗憾的是我没有歌德的钢铁般的勤奋（遑论他的天才）。歌德具有何等宽广的普遍性的精神和兴趣！真是难以置信！这是一个真正的"匈奴"。但愿有人为我解释一下这个事实！所以，如果我俩夜间在一起阅读，就不读小说，而是严肃的著作。生命实在太短促，我们的无知太严重，还不得享受如此奢侈。同意啦？我收到了安佳的一个明信片。她回来了，精神很好。她看到山谷里的百合依然美丽，请我转达对你的谢意。她说很遗憾没有看到你，期待下次你来访见到你。给她写个明信片，寄到兹沃塔大街。

拥抱　罗

---

[1] 本韦努托·切利尼（1500—1571），意大利著名雕塑家和著作家。《切利尼自传》王宪生译，海燕出版社，郑州，2001年。

想知道我 chaleureusement（法文：热烈地）推荐给西格[1]的这个有意思的年轻人是谁。你记住，我最不想卷入像克莱蒙梭跟他"儿子"所陷入的那种麻烦……

---

[1] J.西格，瑞士社会民主党领袖之一。

信 65

（柏林）(1905年10月18日)

我亲爱的叼叼！你的两封信都是今天上午到的。你提到我寄去一封特别专递信件，但是我不记得我什么时候写的，确信昨天你不会收到我的什么信件。我的记忆漏洞很多。

请细读我的文章，因为发去的时候我没有阅读。我有意写出的一个段落是关于"准备武装起义"的含义的，为的是让我们不至于像列宁的 Schildknappen（德语：侍从）；列宁把它和参加杜马对比，但是他真实的意思是把自己武装起来。[1]因此，对于你接受决议中事实上带有布尔什维克色彩的条款感觉不怎么好。

你在信中描写了你的与杜马有关的政治煽动长远计划，我欣然得知。这一切都很好，我看出来我不必忧虑，因为你的确在认真考虑工作。评论《我们需要什么？》应该是战斗

---

[1] 在卢森堡看来，"为人民起义做准备"必须通过提高工人的觉悟来达到，而"不是通过讨论如何武装群众，如何提供武器或者组织'战斗队'。"罗莎·卢森堡：《武装起来，反抗"皮鞭宪法"！》，见于《来自战场》，1905年10月18日。

的一部分。[1]

给维也纳去信的时候，你可以提一下我的信和他们给我的信。[2]注意：纯粹是猜测，我已经在我的信里强调，他们自己的代表对于"谴责"不持保留意见，我还补充说，既然如此，他们也就不必抱怨我们。

至于硬说帕尔乌斯"加入"里亚萨诺夫[3]"集团"，这是童话故事。如果《火花》加以传播，真是不当之举。如果帕尔乌斯知道了，会做出个什么鬼脸啊！注意：托洛茨基[4]（在彼得堡）是反对《火花》的，但是同时又支持其他某几个虚拟的选举。

下午。你的第三封信正好到了。希望你写一封周到些的信给《火花》，说你尽力保护了他们。我想你至少告诉了克里姆[5]。

---

1 《我们需要什么？波兰王国和立陶宛社会民主党纲领评论》，卢森堡1904年在《工人杂志》（*Przeglad Robotniczy*）上发表，在1906年又出单行本的文章。
2 孟什维克的《火花》编辑部于1905年迁往维也纳。
3 大卫·B. 戈尔登达契—里亚萨诺夫（1870—1938），俄国社会民主党人，加入了孟什维克，在1917年假加入布尔什维克；学者、历史学家、马克思主义经典编辑；1921—1931年间任莫斯科马克思—恩格斯—列宁研究所所长。1931年被开除出党，被逮捕。
4 列昂·托洛茨基（列夫·布伦斯坦，1870—1941），俄国革命家。在沙皇狱中，他发展了不断革命论。他是建立苏联的主要领导人之一；列宁手下外事人民政委，1918年起为国防政委和红军组织者。因为提出世界革命，和斯大林发生冲突，1929年被驱逐出了苏联。1940年在墨西哥被暗杀。其著作有《文学与革命》《列宁》《俄国革命史》《斯大林》等。
5 很可能是这个团的代表。

里亚萨诺夫知道你很快到这儿来，他在耐心等待。我忘了是否对他说过你到这里来，不过不管怎么样，他没有注意这件事，不会有问题的。

至于你对于杜马的计划，我很高兴我写了一篇长文，虽然你可能感到扫兴，《来自战场》[1]刊登费时太长，问题会更大。（……）

我拥抱你。来信。

你的 罗

---

1 《来自战场》(*Z Pola Walki*)，波兰王国和立陶宛社民主党机关报，1905年1月到10月，在克拉科夫印刷，走私进入俄属波兰地区。姚吉切斯是主编。这个杂志的故事"循序"展现了波兰革命运动的激荡历史。1889年首先在日内瓦刊印，《来自战场》为大无产阶级党服务。接续1905年波兰王国和立陶宛社民主党的出版，1926年有一批波兰共产党人在莫斯科复出，但是在1934年斯大林大清洗前夕被关闭。1956年，在"波兰十月"事件之后，在华沙出版了两期。1958年重新开始，现在由波兰统一工人党中央委员会工人运动研究所出版。

信 66

（柏林）（1905年10月20日）

亲爱的！此信匆匆写就，因为我刚刚收到你评论《我们需要什么？》的信，立即工作，要随返程邮政服务寄出，让你得到自由的呼吸。我收入你的全部评论，下面的两点除外：

1. 我不能设想这样的细节，例如两院制体系、部长责任等适用于此，如果适用，又在哪里适用。暂时保存在评论里，等到时候再决定。

2. 关于杜马，你坚持必须在这里提及，你绝对错了。你的脑袋有毛病，我的大宝。这些是对于具有恒定性和总体意义的纲领的评论，我们的建设性要求的论断，不是随便什么文章或者精选评论，只发挥几个星期或者几个月的时效。关于杜马的一切必须在马尔赫莱夫斯基的评论之后进行叙述，在这里我就不说了。得到你进一步的评论后，我立即评论。

昨天十分凑巧，我收到母亲和父亲最后的信和安佳与尤焦的旧信。一口气全都读完，哭得我眼睛都肿了，躺下睡觉，但愿一睡不醒。我诅咒这可恶的"政治"，这个活计阻拦我一连几个星期不得给父母亲写回信。我一直没有时间给予父母，都因为这些震撼世界的问题（依然一点变化都没有）。说起来就要恨你了，因为你把我铐在了这该诅咒的政治上。我还记得，你说服我不要让吕贝克太太到维吉斯来，不然她要妨碍我完成为《社会主义月刊》写作的划时代的文章，但是，她就是要来，带来我母亲逝世的噩耗！你看，我对你是多么诚实。

今天我去散步，晒晒太阳，感觉好些。昨天我几乎准备放弃一切，一劳永逸地放弃政治（或曰：对我们"政治"生活的血淋淋的滑稽模仿），让整个世界活见鬼去吧。政治是毫无内容的偶像崇拜，驱赶人民——作为他们自己着魔、他们精神狂犬病的牺牲品——去牺牲他们全部的生存。如果我相信上帝，我就深信是上帝因为我们这种自找的自我折磨而要严厉地惩罚我们。

拥抱 罗

附言：

一出小型戏剧："波将金"号上的费尔德曼，十九岁（现在安全到了国外），有一个十八岁的未婚妻。在日内瓦她听到虚假传言，说他被捕，于是从窗口跳楼自尽。

信 67

（柏林）星期四（1905年10月26—27日）

我亲爱的叨叨！考茨基夫妇来坐，带来关于《前进报》（编辑部）内部争斗的最新消息，我们讨论这个情况直到很晚，没能按时发出邮件。随信寄上《柏林日报》上的一篇文章。显然，现在我不躲避为《前进报》写作的愉快，从11月1日起；得严肃考虑这件事。

你简短的铅笔笔记今天收到。我欣然接受信件的简短，因为我知道你有很多工作要做。但是，甚至这很少的话语也显得压抑，这一点迅速触动了我。或许这是我的想象？不管怎么说，看样子你可以确定告诉我你哪天来，因为铁路罢工，会议可能没有结果！《工人杂志》完了，正如你信上说的那样。（……）

今天我比以往更强烈地感觉到了我在波兰事务方面的工作是不正常的。我得到你的指令："写一篇论波兰自治的社论（或者关于国民议会的社论）！"好。但是，难对付的是，为了写这样的社论，我得阅读波兰和德国的报刊，必须了解社会情绪，必须和政党事务接触。不然我写的东西就是老调重弹，不能"打中靶心"。宣传只靠宣讲党的建设性观点这一做法的时代已经成为过去。现在每一个问题都变成了党的斗争的组成部分。把这一斗争局限反对波兰社会党的斗争的老做法是不顾后果的时代错误。（……）

星期五。昨天晚上我得暂停，因为考茨基夫妇顺路进来带我去倍倍尔家里去。倍倍尔信告考茨基，我应该写星期二的社论（新领导机制下的第一期），[1] 考茨基写星期三的。（……）看来真是没有必要去见倍倍尔，但是我又不想拒绝考茨基，而且在一般情况下，这一做法也有它的用处。大家坐下，谈话，更可以说听谈话，因为倍倍尔一如既往"自己由着性"高谈阔论，直到11点钟。显然，整个的资产阶级舆论界都发出了严厉的批评；《沃斯报》还为它发表社论！这个"革命的罗莎"被描绘成一种神圣的恐怖。倍倍尔坚强如钢铁。

至于你关于权利与费用的忠告，请原谅，这一次也是，我要按我的办法做，追随我的本能和我的性格。不是为了显示我的崇高的慷慨，绝对不是！我还是不想一开始就讨价还价，提出要求。现在，当务之急是摆脱他人，"清扫房屋里面

---

[1] 依照德国社会民主党柏林出版委员会的命令，六个编辑，修正主义者，被《前进报》开除，由一个左翼团队取代，包括卢森堡。除了和原来编辑部的政治分歧，卢森堡对德国党的新闻路线也持批判态度，她认为这一路线"因袭守旧""呆板""公式化"。致塞德尔书信，1898年6月23日，载于《来自战场》，1959年，第1期（5），页69。

的垃圾";正在出现的情况,就其本质看,是临时性的。现在是表现一个人能力的时候——显露小气和斤斤计较都是十分不妥的。总之,我丝毫不为权利和报酬忧虑,因为它一旦送到执行委员会(和《前进报》编辑那儿去——你还记得付给我讨论马克思的文章的报酬吗),上帝知道我是没有理由抱怨的。总之,每件事都会到位的。要点:镇静,严格的正确态度,和从一开始就达到坚实的表现。别误解我;说到"临时",我考虑的不是数月,在最坏的情况下,是几个星期。(……)

我得赶快去发信,赶上上午这一批;拥抱你几次,如果今天没人打搅,也许我要再写!

你的 罗

信 68

（柏林）（1905年11月3日）

我亲爱的！收到了你全部的电报，而就在刚才这一分钟你的特递信件送来。

你问我为什么没有写回信，我的情况怎么样。怎么样？"科恩先生，我能告诉您什么呢？"我觉得很糟。

《前进报》，你说得对，正迅速降低到《萨克森工人报》的水平。而且，更糟糕的是，我是唯一理解这一点的人，在某种程度上，还有考茨基。

编辑部的成员都是白痴，自高自大、彻头彻尾的白痴。"记者？"——不是唯一的，而且，艾斯纳公司串通了一帮修正主义者，正在发起反对我们的猛烈的舆论行动，已经得到倍倍尔（！）或者古诺夫或者什么人（！！）的回答。我只能谈俄国，间或写一篇社论，提出告诫和建议，但是这些建议一旦采纳就变成了灾难，弄得我焦急万分。试举一例："我们的"第一期（11月1日）出版后，我告诉斯特罗贝尔，他反对卡尔沃（修正主义者）的文章比艾斯纳本人可能写出来的还坏，我们面对《前进报》不会像懦夫那样后退，文章必须犀利、明朗。第二天他对我说:"你看,我会做得好一些的,你会满意我的。"所以,在今天的一期,就刊登了这枯燥乏味的大文章,标题是《革命的暴风雨》这种乱七八糟的没有意思的陈词滥调,"激进的"废话——这恰恰就是"政治评论"栏的社论。谁能忍住不大喝一声呢?

你能够看到他们的风格,就知道了!我真的要给气疯了!不用说,这一切都是为我们(就是说,激进主义者)准备的,这就是完完全全的羞辱。

而且我看不到出路,因为我们没有人民。我累得筋疲力尽,快要迈不开脚步,除此之外,还有这个问题,这就是完整的画面。我每天下午4点到编辑部去,和这一群匪帮费口舌,一直到晚上9点,耗尽了我的精力。此外,我每天早晨8点起床,准时(有女仆帮助)。忧患令我彻夜难眠,我总是困乏渴睡。总之,挺美好呐。

我们的人民在波兰做的工作,令我欣慰。很遗憾,在《前进报》上我不能报道,版面太少。我不赞赏俄国社会民主党,而赞扬整个国家的社会民主,亦即,我们对于杜马的策略,你细心阅读吧。

拥抱　罗

信 69[*]

（柏林—弗里德瑙）（1905年9月25日）

奥托·恩格尔曼

华沙，绿色广场，维多利亚 旅馆

警察局通告：一封用波兰语写的信，信封表明来自弗里德瑙，邮戳和地址如上。新闻包括下面这一段落：

你感到凄惨，这一点令我感到绝望。永远也不能到头吗？什么时候你才停止思考没有目的的、没有意义的事务，开始为实际存在的事务而生活呢？你感到凄惨这一点令我十分痛心，因为我还记得你曾经对我说的话，"那些男孩期待我们给予指点、帮助和精神的支持。"你还记得吗？……

昨天，瓦尔斯基来电报要你到那儿去。有一封华沙的来信，我替你保存。瓦尔斯基寄来一封特递信件，就涉及组织专业工会的几个重要问题征求我的意见……

---

[1] 信69至信71的内容是俄国警察局制定的，摘自在姚吉切斯（化名奥托·恩格尔曼）身上发现的信件，因为他和卢森堡（化名安娜·马奇凯）在华沙一家公寓（房东是瓦莱夫斯卡伯爵夫人）一起被逮捕。这些片段（其中有一些见于下文）有警察局的注解，保存了下来，被重新翻译成波兰语。

我把护照还给了奥尔特。穆尼奥星期一到这里来，我俩在电话上谈吧……尤焦孩子们的奶娘告诉了我家里的不少事。

昨天我见了考茨基和他妻子。她们告诉我正在流传的关于帕尔乌斯几个惊人故事。他被描绘成了一个混混儿，一个骗子。高尔基正通过代理人[1]有条理地处理这些事。明天在考茨基家要开一个小会（什么都要开会！），高尔基的代理人要来展示"帕尔乌斯欺诈的证据"。

---

1 高尔基授权帕尔乌斯收取自己名剧《底层》在德国演出的版税，帕尔乌斯把版税均分给社会民主党人和作者，收取佣金。据说他挪用了钱款。

信 70

(柏林—弗里德瑙)(1905年11月27日)

警察局通告：一封用波兰语写的信，信封表明寄至维多利亚旅馆，邮戳如上。信文包括下面的段落：

我为你（你的安全和你的健康）极为担忧，因为收到穆尼奥的一个明信片，说他和你三点半在一个咖啡馆见面了。今天早晨收到一束来信。其中有些（乌尔姆的、梅林的、亨利埃塔·霍尔斯特[1]的）表达了对《前进报》的钦佩。还收到了采萨雷娜（沃伊纳罗夫斯卡）的信，信上说了关于门德尔松[2]的几个故事（也许是真事儿）。她说他在巴黎建立了一个反对波兰社会党的民族进步党，他写好了一个报告，正在前往华沙的旅途之中。

---

[1] 亨利埃塔·罗兰-霍尔斯特，荷兰工人运动活动家，卢森堡的友好熟人。1935年出版了一部卢森堡传记。

[2] 斯塔尼斯瓦夫·门德尔松（1858—1913），第一批波兰马克思主义者之一，1884年流亡，漂泊于瑞士、法国、英国。波兰社会党创建者之一，后来脱离该党。

信 71

（柏林—弗里德瑙）（1905年11月28日）

警察局通告：一封用波兰语写的信，称呼语是"我的金宝叨叨"，在信中写信人谈到她在《前进报》参加一个会议。信文包括下面的段落：

我用专递向你的旅馆送去我给会议的论断，或者也许给哈奈茨基[1]，因为你也许不常去你的旅馆……叨叨舍克，要勇敢、镇静、保持好心情……

---

1 雅各布·费尔斯腾伯格-哈奈茨基，波兰王国和立陶宛社会民主党中央委员会委员，十月革命老兵。1937年受审后被处决，1956年恢复名誉。

直至伤逝

1907—1914

1905年12月和1906年9月之间,在卢森堡缺席的时候,德国社会民主党领袖们把她空荡的公寓住所交给了康斯坦丁·科斯佳·蔡特金——卢森堡挚友克拉拉·蔡特金二十二岁的儿子。在卢森堡回来之后,他依然住在那里,他们显然变成了情人,来年春天姚吉切斯到达柏林的时候方才得知。"如果罗莎·卢森堡同志的朋友在柏林长住、并且住在她的住处,则科斯佳就不能住在那里。"奥古斯特·倍倍尔于1907年4月15日对卡尔·考茨基说。[1]姚吉切斯确实住在柏林,但不是在卢森堡的住宅里。

卢森堡和少年蔡特金的情爱没有达到把她和姚吉切斯联系起来的那种深度的亲密和精神的亲近。但是因为蔡特金,她得

---

[1] 《奥古斯特·倍倍尔和卡尔·考茨基书信集》,小卡尔·考茨基编辑(阿森:范戈库姆出版社,1971),页184。

到了朝拜、尊崇、钦佩——这是她长期渴求的。数年前,她在信里对姚吉切斯说:"……我经常看到跟男人一起生活的那类女人,这些男人如何宠爱她们,接受她们的反复无常,而且,在我精神的深处,我一直是意识到了你对待我的方式的……"(信35)在以后的几年里,蔡特金常常收到卢森堡的书信,这些书信在某种意义上比她同时写给姚吉切斯的书信更为亲密。

作为波兰王国和立陶宛社会民主党中央委员会的成员,姚吉切斯仍然是卢森堡的党的领导人,对于他的权威,而不一定是判断,卢森堡是从来没有质疑的。无论蔡特金还是其他的人,都不能接过他作为一个精神的和政治的另外一个自我在她的生活中扮演的角色。虽然在返回柏林之后不久,姚吉切斯迁居到施泰格利茨的一个小旅馆,但是他拒绝交还她的公寓房的钥匙。一如他拒绝交出她——虽然纯属徒劳。戏剧性的场面旋即出现,姚吉切斯威胁杀死她和她的情人,而卢森堡则弄到一把手枪准备自卫。

然而,在这一次绝交之后一年,1908年,卢森堡在给康斯坦丁·蔡特金的信中说,姚吉切斯白天在她的公寓房里工作,晚上离开。他们两个人多年积累的藏书依然放在她的住处,这是姚吉切斯变成常客的借口,不受欢迎也罢(信75)。

他们二人通信中断两年之后恢复,她给姚吉切斯的信件既没有抬头称呼也没有签名,从他们曾一度共有的家邮寄到了他所在旅馆的房间。整整两年,她都使用一种非人称的形式,谨慎避免任何种类的人称代词。例如,在指称姚吉切斯的兄弟时候，她写"兄弟"，避免物主代词"你的"；用姚吉切斯的住处取代"你"这个词，写道，"……施泰格利茨应该确认……"；后来她转而使用第二人称的复数形式，亲近关系结束之后五年，她偶尔地称姚吉切斯"Moi Drodzy"（波兰语：我亲爱的人们），在这个上下文中大致上意指"亲爱的同志们"。最后，在1913年，她开始用大写字母签名：R（"罗莎"的第一个字母）。

政治任务有时候把他们带到一起，例如1907年5月在伦敦召开的俄国社会民主工党第五次代表大会，但是她严格避免个人的接触。她一直寻找另外一个公寓房，以求结束他突如其来的访问，于1911年从弗里德瑙搬到了遂登德。又过了三年，他才得允到她的住处讨论党的事务。

到了1909年，除了札记和备忘录，她在信中暴露了她对他的依靠、她需要他，他们曾一度享有亲密的关系；她抱怨频频出现的头痛、精神枯竭、忧郁。她也不试图掩饰自己感到的孤独。但是，这些都是对事实的申述，而不是要尝试对他求情。和在往日一样，她渴望得到姚吉切斯对于她的工作做出评论，同样，一如既往，他对她既无评论，也无指责。

钱款依然是一个问题。现在她不是要求姚吉切斯借款，而是要求"党"（信91）——这纯粹是一个语义学的问题。从1907年10月起，她接受了德国社会民主党中央党校政治经济学系主任职位，她的收入，再加上她的新闻稿酬，已经不是很小的数目。但是她一直没有学会量入为出，也不在乎怎样花钱。

1907年，她入狱两个月，罪名是"煽动暴力"，亦即，呼吁德国人遵循革命的俄国无产阶级的范例。1908—1914年，她把时间都贡献给了写作：写《民族问题与自治》，这是对于被种族与民族纷争撕裂的当今世界的观察；写作《资本积累》；写作《政治经济学导论》(逝世后出版，在1925年)。她参加会议、集会、代表大会，发表了几十次讲演，为刊物写作了两百余篇文章和评论，揭露军国主义必定导致战争，乃是迫在眉睫的危险。

1914年2月，她接受审讯，罪名是煽动公众不服从行为。"如果他们相信，我们是要对我们的法国兄弟和其他兄弟举起杀人的武器，我们就要高声疾呼'我们不干！'"在美茵河上的法兰克福的刑事法庭上，她发表为自己辩护的言论，指控控告她的人破坏人民的权利，把他们拉进并非他们的战争。她的演说乃是演讲术的一篇杰作，把法庭变成了社会主义者的讲坛。最后，她对检察官说话，检察官要求对她立即实施逮捕，不然她会逃跑。卢森堡说："先生，我相信你会逃跑。社会民主党人不会，社会民主党人凭自己的作为屹立，而且嘲笑你们的判断。"

虽然有些德国人不理解为什么对于"这个女人的放肆行为"给予了这样多的宽容，她除了侮辱德国军队，还是一个没有自己祖国的"无根的"外来户，但是卢森堡的反战演说响彻了整个德国。她的演说在没有作为的社会主义国际的几次会议上也发出了声音。

1914年6月，她又一次受审，这一次是在柏林，因为普鲁士国防大臣封·法尔肯海因控告她指责军队虐待士兵。审讯变成了她最重大的胜利之一。一千多名士兵前来为她的辩护作证。关于这一次审讯,她给姚吉切斯写来最后的一封书信:"明天,一切结束之后,我会给你打电话通告判决。但是——可能会很晚。"

信 72

（柏林）（1908年6月6日或者7日）

如果绝对有必要咨询有关这篇文章的事等等，也必须在明天，因为星期二或者星期三我必须和我姐姐一起去海岸。我从那里寄出关于自治的文章，给下一期的《社会民主评论》[1]。我不能承诺写下一篇社论。如果没有别的办法，我谈自治的文章可以当作社论使用。

我给莱德布尔写信了。

---

1 《社会民主评论》(*Przeglad Sojaldemokratyczny*)，波兰王国和立陶宛社会民主党理论机关报。

信 73

（柏林）（大约1908年6月12日）

不能从银行提取存款，因为我一点也不知道账目情况。我肯定是把银行账本精确的数字放在她们最后的一张清单上了，那清单必须有（姚吉切斯的）签字。文章内容没有增补。和以前的一样像垃圾，我把它撕毁了。

信 74

(柏林)(1909年4月?)

拉戴克[1]寄来了评论。我明天(星期日)早晨寄还。我坦言不能为招募写广告。我不能写广告垃圾——为此我浪费了两天的时间。不是我不愿意,是绝对不能。

---

1 卡罗尔·索别尔森(1885—1939),化名拉戴克,波兰革命家,波兰王国和立陶宛社会民主党成员,在俄国,是全联盟共产党党员。他是优秀的记者,最多姿多彩的革命者之一。在苏联对波兰共产党人的清洗中遇难。

信 75

（柏林）（1909年9月？）

昨天的谈话令我心烦意乱，彻夜不眠；甚至今天也不能工作。

和以往无数次一样，我必须再一次要求用书信方式讨论业务，让我在我自己家里享受安宁。[1]我不需要另外那个房间，从来没有迈进一步。[2]在我这里留宿的人都是在我的房间将就，避开那个房间。但是，在我的公寓房里，我必须感觉如家中，而不是像在旅馆里，任人出来进去，也不管我是否愿意。

这样的争斗我再也忍受不了了——我多次要求（你）停止这一做法。整整一个夏天我都不断地迁居，就是为了躲开这个房子，现在这一切又都从头开始。整个夏天，（给姚吉切斯的）信件都得到投递，不需要我转交，现在，一切又都送到我的地址，报纸也得（由姚吉切斯）每星期来收取。

---

1 作为波兰王国和立陶宛社会民主党中央委员会成员，姚吉切斯是卢森堡的上级。她继续积极参与波兰事务，为党的出版物写作。
2 因为握有他们一度享有的公寓房的钥匙，姚吉切斯继续使用"另外一间屋子"作为书房，白天在那里，只有到了晚上才离开。他把书籍和衣服放在原来的房间里，也来取走邮寄到他原来这个住处的邮件和报纸。

我再也不能忍受了。我为《社会民主评论》和《红旗》做力所能及的事。如果有必要，我已经准备好放弃编辑职位，但是我需要我自己的一个家。如果没有办法得到，我宁愿放弃整个公寓房和女仆，去租一个有家具的房间，我想确认我是在家里——不是在旅馆里生活。要求答复这样的情况是否还要继续下去，因为我得知道我为自己该做什么。

信 76

（柏林）（大约1909年9月15日）

随信寄去弟弟（姚吉切斯的弟弟帕维尔）的信，这封信附加了一张107马克的支票开给德意志银行。[1] 银行只在今天兑换现金。我转寄100法郎，留下25马克和40芬尼等到（你）回来。

还是没有手稿寄来。梅林拒绝了。我要求考茨基给我们预计在22日《前进报》上刊登的那篇文章。他答应近几日写完，要看他的健康如何（近来稍有不适）。

《社会民主评论》几天前送来。

穆尼奥确认弟弟收到支票，要求他再多惠寄。

按照汇款表格，我请求回执，确认收到100法郎。

注解：姚吉切斯拒绝接受100法郎。回复如下：[2]

---

1 姚吉切斯的弟弟帕维尔·姚吉切斯负责在维尔诺的家庭事务，把莱奥·姚吉切斯的一份家产转给他，常常利用卢森堡的哥哥马克西米利安（穆尼奥）当中间人，以便掩蔽姚吉切斯的踪迹。而穆尼奥则把款项转给了卢森堡。卢森堡就这样卷入了姚吉切斯的财务事务。
2 姚吉切斯的这个回复和信77的回复一同保留下来，因为卢森堡在信纸背面写了字。姚吉切斯巧妙地保留了卢森堡写的每一个字。

抱歉我坚持己见，但是我倾向于相信，此中存有误解，也许穆尼奥没有能力还借款[1]，您[2]替他代还。我绝对不愿意这样做，因为我认定穆尼奥是我的一个熟人，就像其他的熟人一样，他可能没有能力还借款，而此事丝毫也不应该涉及他的亲属。因为我不确知，我宁愿不触动这一点钱，随信奉还。

---

[1] 姚吉切斯指他借给马克西米利安·卢森堡的钱。

[2] 在亲密关系结束以前，卢森堡和姚吉切斯互相以"你"称呼。英语的第二人称的"you"（你，你们，您）无法表达他们关系破裂之后语气的冷漠。在这里，姚吉切斯在使用人称代词的时候，用法语或者德语第二人称复数（Vous，Sie），客气而冷漠。

信 77

（柏林）（大约1909年11月20日）

注解：卢森堡在姚吉切斯回复信76的信纸背面写道：

我不明白是怎么回事。如果你不要你的钱，寄还给穆尼奥就是了。我已经信告他我收到并转寄，余下的事不该我管。

我想指出（假如您给穆尼奥写信）我已经冒昧告诉他你需要钱，所以他显然已经寄出。

注解：姚吉切斯的答复：

请给予收据。

注解：在姚吉切斯答复的背面，卢森堡作复：

我不能去翻动垃圾桶找收据。请和穆尼奥联系，不要打搅我。

信 78

（柏林）（1910年4月末）

托洛茨基今天来访。他详谈俄国事务，抱怨瓦尔斯基支持布尔什维克。他表示致意，传达英诺肯奇[1]的消息，他要去看约瑟夫[2]。总之英诺肯奇直接处理此事，为了让这件事办妥，我告诉了托洛茨基。

---

1 约瑟夫·杜波罗文斯基，化名英诺肯奇，俄国革命者。
2 菲利克斯·捷尔任斯基（1877—1926），化名约瑟夫，波兰革命家，波兰王国和立陶宛社会民主党中央委员会成员，列宁在波兰人当中的最亲密支持者，契卡（镇压反革命和怠工特别委员会首领）。据拉戴克认为，卢森堡为捷尔任斯基接受这一岗位而感到悲哀。"恐怖从来没有击溃我们，"1918年，听到这个消息的时候，她说。"为什么现在我们要依赖这个。"J.P. 内特尔，《罗莎·卢森堡》（伦敦：牛津大学出版社，1966），卷2，页731。

信 79

（柏林）（1910年4月29日）

今天有一个叫巴霞[1]的从波兰到这儿来。我派她去喝汤（未得解读的暗号名）。（你）如果可能和她接触，就在汤店留一个信息，告诉她何时何地去报到。她看起来有点不正常。明天和星期日如果有信，伊达（女仆）会立即转送。我星期一回家。

---

1 指芭芭拉·施皮罗，波兰王国和立陶宛社会民主党成员，后来的苏联共产党党员，和此后的全联盟共产党（布）党员。

信 80

（柏林）（大约1910年7月18日）

寄回韦恩的诗，写得很美。不必等到整个一版都排好。我想，报纸不必追求对称，修剪得像英国的草坪。倒是应该有一点显得松散，像撂荒的花园，这样它就会显出社会的脉搏，有青年才俊闪耀。(……)

信 81

（瑞士，埃什）（1910年8月1日或2日）

一个请求：请克拉库斯[1]立即给我寄来几本波兰小说。我这里一本小说也没有。[2]他为《论坛报》评论过的书，等等。

---

1 亨利克·斯泰因，化名克拉库斯，波兰王国和立陶宛社会民主党成员，波兰共产党党员，后来苏联全联盟共产党（布）党员。记者和文学评论作者。
2 1910年8月3日，姚吉切斯从柏林给在克拉科夫的F.捷尔任斯基写信："您是否可以从古姆普洛维奇的藏书中取出两三本小说（我将告诉你标题）寄给身在瑞士的罗莎。当然我欣然承担费用。"

信 82

（瑞士，埃什）（1910年8月5日）

我事事不顺利。《前进报》拒绝刊登我的文章，十分重要的一篇，关于巴登（社会民主党人的）。《新时代》（第44期）拒绝发表我对梅林的（严厉的）回答。我把前者寄给了《多特蒙德工人报》，后者寄给了《莱比锡人民报》。不知道他们是否接受（在多特蒙德，海尼什外出休假，其他人都是胆小怕事，而兰什，总的来说，是不可靠的）。我刚收到（《新时代》）第45期，上面有考茨基的"答复"。[1] 他像一条被逼进死角的蛇一样扭来扭去的。我还要再写一篇，至少要摆平给予"歪曲引用"的指责。但是考茨基大概还是要拒绝接受。我在远地，他觉得安全。而且，他是没有什么损失的。给《社会》的资料还没有到，为什么呢？

---

[1] 卢森堡和考茨基之间十二年之久的友谊和合作终结，因为卢森堡指责他、逐渐地也指责德国社会民主党只注重革命理论，而不是为革命工作。在自己的文章《理论与实践》中，卢森堡引用恩格斯的话来批判考茨基歪曲马克思和恩格斯的理论。考茨基反过来批判卢森堡"歪曲"所引用的恩格斯的"言论"。争论延续到卢森堡发表文章《纠正》，刊于1910年8月19日《新时代》。

信 83

（马哥德堡或者柏林）星期五，晚（1910年9月23日）

信收到了。觉得自己像一条被打垮的狗，看来我是遭受了沉重的失败。[1] 描写不出来。

请阅读《前进报》上的报告，星期六到这儿来，就是明天，到弗里德瑙（她的公寓），但是不要晚于下午5点，因为我要早一点睡觉。现在只说一句：提议的共同作者们担心他们最后变成少数，强迫我把它撤回……[2] 我想知道这一番折腾造成了什么印象。其他的事当面说吧。但是，我必须先说这句话：我累垮了。今后这两三天恢复工作绝无可能。我不能想事、睡不着、吃不下去。真不知道该怎么办，我还得准备在钢铁工人会议上做重要演讲。

我以后两个月的健康和精力都被这党的会议耗尽了。

下午5点钟，我等着（请不要晚到，到我睡觉的时候到，就是迟到）。

---

[1] 卢森堡指在马哥德堡举行的党代表大会上的争论，会上讨论了普选权。
[2] 卢森堡提出动议（遭到德国社会民主党右翼反对），在争取普选权斗争中使用大规模罢工为武器。实际上，在表决之前，这个动议就已经撤销。

信 84

(柏林)(大约1910年10月9日)

太糟糕了——一整天我都遭受这样剧烈的躯体和精神的压抑,连一句话也写不出来。[1] 一整天都干坐在这儿,到现在(晚8点),都一直面对要给波兰问题再版写介绍文章的任务,可就是什么也挤不出来。感觉都要爆炸了,得去睡觉。(……)

---

1 回应姚吉切斯即时的问题,卢森堡在次日解释说:"关于我的忧郁症,没有什么事;这是纯粹的、简单的忧郁症,因而更加令人厌烦……"

信 85

（柏林）（1910年10月11日）

收入刚刚爆发的法国铁路工人总罢工（法国北方铁轮全线罢工）的信文很重要。今天的《柏林日报》下午版。

注意：我刚注意到《论坛报》一篇文章（最后一段，红铅笔标记）的引文，谈犹太人问题的。对于我关于《真理报》的文章也许很要紧。如果是这样，请你自己收入。附寄《论坛报》。

信 86

（柏林）（1911年2月23日）

寄去给瓦尔斯基的文件（护照）。15马克，我代付了，请他偿还。

昨天我立即给克拉拉·蔡特金写信，请她给我寄来列宁的信，要求她在和我取得联系之前不要写回信。如果她给列宁写信，就直截了当地说，她会和我联系、做我认为必要的事——这样是不是妥当呢？或者，如果需要，她可以信告列宁说她要和你取得联系。[1] 对列宁来说这应该是合适的。

其他事以后再谈吧。

顺便说一句，维特海尔特（姚吉切斯的裁缝）赖在我身上了。[2]

---

1 在1907年5月于伦敦举行的俄国社会民主工党第五次代表大会上，姚吉切斯当选为党的中央委员会副职成员。
2 大概是姚吉切斯欠裁缝钱款。早些时候，卢森堡通知姚吉切斯，"裁缝送来了服装。"1910年8月10日，她写道："……如果维（特海尔特）在5月得到报酬，提前三个月，他显然搅糊涂了我们的账目，故意占便宜。"

信 87

（柏林）（1911年3月？）

我必须请（你）确认钱的收据——欠我的是这些。应该理解，因为钱汇到了我的地址，（你）顽固的沉默置我于一个私吞这点钱款的窃贼的位置上。到底明白了没有？我真不明白，在有如钱款事务之诚实这样敏感的问题上竟不为别人着想。[1]

随笔又一次令我气不打一处来。

---

1 如同在信76和信77中那样，卢森堡指的是通过她哥哥马克西米利安邮寄给姚吉切斯的钱款。

信 88

（柏林）（1912年3月31日）

今天在（大柏林德国社会民主党代表）大会总会上取得完全的胜利。虽然执行委员会保卫他们三人（哈斯、布劳恩、莫尔肯布尔），反对他们的决议被全体通过，在900个代表中，只有12个人反对。对我的委任没有质疑。[1]

我准备开始写作5月号的《红旗》的文章。

但是，给我的贷款怎么样了？十分紧急！如果捷尔任斯基不来，在书面上把它定下来。不然过了1日，我就一文不名。

（注意：我的文章是仅有的重印文章，考茨基夫妇气疯了。）

---

1 卢森堡提出关于进入国会的决胜选举的提议。

信 89

（柏林）（1912年4月初）

你长篇的指责完全是不妥的。你走了以后，我偏头疼发作，什么也干不了，第二天早晨没有人去邮局。不过没有损失——《前进报》把我的短文毁了。（……）

信 90

（柏林）（1912年7月）

我病了（部分地是因为阅读了不同政见者们的出版物），[1]星期三的要务是写这篇文章。因为你信上说你最晚星期四回来，我没有把它寄到克拉科夫去。

文章太长，但是在你阅读之前我不愿意删减。期待你明天（星期日）晚餐前到来。

注意：如果波兰王国和立陶宛社会民主党中央委员会（姚吉切斯是委员之一）同意，我就用"R. L."签署文章。

---

1 1911年，波兰王国和立陶宛社会民主党分裂成为在柏林的中央委员会的支持者和不同政见者，有一个是在1914年于克拉科夫建立的民族委员会。

信 91

（柏林）（1912年8月）

随信寄去更多的校样，校样来得很快。[1] 我必须退还。请寄来关于拉戴克和其他事务的进一步的消息。我觉得十分消沉，但不是因为这些消息——就是整个的消沉。现在说事务：1日以前，党能不能借给我150—200马克？我在一个月以后连同全部的债务一并偿还。请回答。得到奥贝尔海因发来的任命，但是遗憾的是，我得到海姆尼茨去。

---

1 姚吉切斯正在校对卢森堡的《资本积累》，一如在1898年校对她第一本书《波兰工业的发展》。

信 92

（柏林）(1912年10月初)

随信寄去列宁的"弹片"。[1] 你为什么不寄给我答复的大纲。如果可能，要及时；如果可能，要简洁。

---

[1] 列宁评论文章《俄国社会民主工党目前的状况》，1912年用德语发表。顾名思义，它讨论了俄国社会民主工党目前的状况。

信 93

（柏林）（1913年5月28日）

昨天我参加了在莱比锡大会客厅举行的会议。我谈论了世界政治，尖锐批评了帮派和采取的策略。[1] 获得了暴风雨般的掌声和公众的感谢。会后，我们部里的一个同志，一个十分文雅的男孩，向我走来，还有三个布尔什维克。他们强烈请求我在他们的会议上讲演；我勉强婉拒。我们年轻的同志在波兰就认识瓦尔斯基！从瓦尔斯基本人那儿来的！

随信寄去一个信封，这个信封我看着可疑。

---

1 1906年，波兰社会党分裂，约瑟夫·皮乌苏茨基建立波兰社会党革命派。

明信片 94

(伦敦)星期日(1913年12月14日)

我明天早晨回去(只要偏头疼允许)。看来在会议上我们遭到了完全的失败,但是过错不在我。[1] 普列汉诺夫[2] 没有来,列宁也没有来。代表布尔什维克的是一个双料的白痴[3],而孟什维克倒是成群结队地到会。考茨基(代表德国执行委员会)介绍了一个决议,立即推荐说这是局执委会和"全部自认为是社会民主党人的人"达成的协议。我反对这个决议,但是我遭到完全的孤立;这个恶棍不断地捣乱。其余的事面谈吧。

---

1 社会主义国际国际局会议。考茨基的提议(被接受)号召召开一次各种不同的俄国社会民主党派别的会议。卢森堡的提议(撤回)号召召开一个"统一会议",目的在于统一俄国社会民主工党——该党在1903年分裂为布尔什维克和孟什维克。

2 格奥尔基·普列汉诺夫(1857—1918),俄国革命家和哲学家,被认为是俄国马克思主义奠基人。因为反对政治恐怖,他和民粹派断绝关系,在1880年离开俄国,大部分流亡生活在瑞士度过。曾和列宁合作出版《火花》,但是在总体上是反对布尔什维克主义的。1917年返回俄国,但是在公开揭露布尔什维克革命是一场政变以后逃往芬兰。

3 指M. M. 李伟诺夫(1876—1951),一位早期布尔什维克。慕尼黑协定之后,作为外交部政委被莫洛托夫取代。1941年到1943年任苏联驻美国大使。

信 95

（柏林）（1913年？）

昨天"会议"之后，我彻夜不眠，今天不能工作。所以，短评只能明天写了。我请求三言两语通知我，咨询是否必要，不然你又要在我工作中间闯入，对党无益，倒把我白天和晚上的安排都打乱了。

信 96

（柏林）（1913年？）

现在几乎是午夜。我正在写这篇文章。感觉病得厉害（夜里胃不舒服），所以很难动笔写作。但是现在我还是在写，看起来这可能是一篇不错的文章。

明天上午，一般在星期三，我都没有课，所以可以写完，中午寄出。[1] 文章肯定在明天完成，所以我要求稍多的时间，因为我必须躺着，眼睛不能总是睁着。

---

1 卢森堡是柏林德国社会民主党中央党校经济学教授。她的一个学生是威廉·皮克，1949年起任德意志民主共和国总统，另外一位学生是罗西·弗洛依利希夫人，她的丈夫写作出版了《罗莎·卢森堡：思考与行动》（巴黎：新国际出版，1939）。1978年夏天，弗洛依利希和我分享了他对老师的回忆。卢森堡和典型的欧洲教授不同的是，她上课不只是照本宣科。她关照每一个学生，想要让她的学生理解和获得知识；她注重他们的观点，使用自己的知识扩展他们的知识范围。

信 97

（柏林）（1913年）

我觉得文章很差。我病得厉害，强迫自己挤出词句，没有别的办法。有人要改就改吧。但是，我请求：（1）"耶路撒冷"应该改正，但是保持女性[1]；（2）proporzec（三角旗）是一个很好的波兰语词，生格是 proporca。

如果词尾发音显得刺耳，可以替换为：滚开，你们这些资本的癞皮看门狗。

请告诉我文章好不好。

我得睡觉了。

---

1 在波兰语里，全部名词和辨识地点的专有名词，依照词尾的分类分成男性、女性和中性。——译按

信 98

（1913年？）

我急需两本书，找不到了。请你查看一下，写信告诉我是否我没想到可能在你那儿呢：

1. 麦克斯·艾伊特：《活力》（技术的7个报告）；
2. 一本莎士比亚作品的德文译本，红色金色封面。

如有其中无论哪一本，星期一你来的时候都带来。

明天，星期日，你可否到我嫂子处逗留片刻。[1] 霍尔施泰因大街39号。我想是在一层，在出租的一间有家具的房子。

---

[1] 卢森堡微妙地提醒姚吉切斯她自己家里的周年纪念日。1910年，她提醒他，"2月7日是安佳（卢森堡的姐姐）结婚纪念日。"不久以后她写道："爱迪尤什（卢森堡的侄子）的生日是今天，就是说，14日。萨比娜·费恩斯坦明天走。她也许会给他带去一个小礼物。"

信 99

(1913年?)

你附加的是某种趣味的走形。这篇文章不需要什么要点,请不要把它弄糟。

信 100

（1913年？）

我必须知道党现在和那位哲学家（没有鉴别出来）的关系，是否值得我来对他做出充分的回答。请立即退还此信。

信 101

（柏林）（1914年4月初）

当然，我寻找这张支票的时候，肯定有十次它都是在我的手里的，但是我依然没有看见它。感谢你的资料，来得正是时候。我的地址很可能是 Chailly sur Clarens，postete stante（德语：邮件留局自取）。

至于照片，我慎重考虑了，接受你的建议：不戴帽子。我已经向塞德尔夫妇转达你的问候。我会从瑞士给他们写信的。归途中，我计划在慕尼黑暂停，准备和恩斯特（《南德邮车夫》编辑）谈话。

梅林答应和瓦尔菲什（现在以评论形式发表论军国主义的文章）。梅林离开了《不来梅市民报》。针对我，N.B.埃夫琛（爱娃·梅林）首先恭请他注意平分出版成本[1]的不妥之处。他大动肝火，但是我当然说，这无所谓。

不用"问"女仆何时方便，最好下午3点到5点之间来

---

1 因为代表极左派，在1913年被《莱比锡人民报》驱逐之后，卢森堡、梅林和马尔赫莱夫斯基组建立了一个《社会民主简报》。

就好。我会告诉她守在家里，这就足够了。

波兰语和俄语的资料在沙发后面藏书最大书架上——在左面和右面。

舒尔茨——维多利亚街5号。

信 102

（柏林）（1914年6月13日）

昨天我们决定不要求推迟,[1]因为罗森菲尔德[2]听说法官想要知道我的案子是何时送到帝国法院的。这就表明他们急于得到帝国法院的判决。然后才开始审判以便做出某种更严格的判决。[3]这是我们需要与此相反的结果的原因。你的评论（关于《前进报》审判的）[4]十分重要，证明了我们的决定的准确性。这样，审判在29日开始。时间很短，我们的准备白费。但是我们有证人。有一些已经前来。在审判开始前，我们有145位，能够指望有大约200位。随着审判的进展，更多的证人将会发言。（……）

---

1 卢森堡因为公开指控军队虐待士兵而受审。审判于1914年6月29日在柏林开始。受虐待的士兵，1013人，自愿为指控作证。当局担心公共舆论逆转，因为遭到抗议而中止了审判。
2 库尔特·罗森菲尔德，卢森堡的律师。
3 1914年2月，卢森堡受审，罪名是煽动公众不服从，被判处一年监禁。上诉在帝国最高法院搁置，因为她面对国防部的指控。为执行法兰克福的判决，柏林的判决可能加重。
4 《前进报》三个编辑缜密追究，发表了普鲁士军队的腐败事实；六个高级军官接受了向军队提供军马的马贩子的贿赂。

信 103

（柏林）（1914年7月2日）

我们有大约七百位证人。明天，一切结束之后，我会给你打电话通告判决。但是——可能会很晚。

尾　声

随着1914年的逼近，卢森堡的思想反映出亨利希·海涅以前表述过的担忧。"德国的惊雷具有真正德意志性格：不很灵活，在某处滚动得有些缓慢。但是它是必来无疑的，当你听见在世界史上以前从来没有听到过的碰撞声音，你就得知，德国的惊雷终于爆发。"德国的外交政策导致灾难，尤其重要的是，德国社会民主党人摧毁了卢森堡提出战争警告的努力。国际无产阶级的统一战线，她的梦想和她的宗教，在诞生之前就已经死亡。

战争爆发后，卢森堡想到自杀。她的公共的和个人的世界，都被打碎。全欧洲的社会主义者都狂热地为战争预算投票；不同民族的个人间一夜之间变成不共戴天的仇敌。"这场表演过去，"卢森堡在一年之后写道，"……运送预备役士兵的列车在寂静启程，没有美丽少女们的激情送别……清晨苍白色的一天到处充斥了一场另外一种大合唱的肇因：打扫战场的鬣狗和秃鹰粗糙的嚎叫声。一万个帐篷，一般尺寸的，高质量的！十万公里长的香肠，可可粉，咖啡代用品，速递，只收现金！手榴弹，车床，军需品袋，战争遗孀媒人……都是严肃的提供！振臂高呼的爱国者的、得到广泛宣扬的炮灰……已经在战地腐烂……尊严尽失、不知耻辱、满脸血迹、肮脏污秽——这就是资产阶级社会的真正面貌……美德、文化、哲学，还有伦理、秩序、安宁和宪法一条一条的条文的装饰周到、涂脂抹粉的假面具，及其真实的、赤裸的真面目被揭露。贪得无厌的野兽放出牢笼，无政府现象的地狱欢宴爆发，浸透了资产阶级瘟疫的气息透露出人类和文化的灭亡……在这巫女盛宴作乐期间，一场世界规模的灾难发生：国际社会民主主义投降。"[1] 这一场灾难催发了纳粹德国和斯大林主义的诞生。

从1915年2月到1918年11月，除了1916年一个短暂时期，卢森堡被幽禁，"是为了保护她本人"。如果说她的热情遭到幽禁和抑郁破坏，她的信仰则没有受损。在狱中，她写出了著名的《尤利乌斯短评》，诉求于无产阶级的健全本能，警告说最终是要在"社会主义与野蛮主义"之间决定选择。即使"所有民族数百万无产者在耻辱、兄弟残杀、自我毁灭的前线上，嘴里唱着奴隶之歌被杀死，"她相信，"如果我们不忘记学习，我们就不会迷失，而且要征服。"她写道："的确，我们就像犹太人一样，是摩西引导我们穿越了沙漠。"姚吉切斯现在被监狱铁窗分开，却又变得亲近起来。他照料她的需要，她做出回应。他返回、进入了她的生活。依然是政治把他们联合起来，还有她

---

[1] 罗莎·卢森堡，《选集》（华沙：图书与知识出版社，1959），卷2，页255—257。

的信心：也许并非一切都已经丧失。在她身陷囹圄期间，他第一次鲜明地卷入德国事务。从1916年起，他就是德国社会民主党左翼反对派斯巴达克团的领袖，其机关报《斯巴达克书信》主编，德国共产党共同奠基人，最后，在卢森堡死后，成为德国共产党的总书记。[1]

1918年11月10日，被释放后的一天，卢森堡身现柏林。在她逝世前，姚吉切斯经常伴随在她身边。火气和争吵已经成为过去，他们的友谊、他们在精神上的亲近，经历了全部的考验。现在他们为了他们青年时代的梦想——革命在一起斗争。对于俄国布尔什维克政府的愤怒和敌对，德国抓捕挨打的士兵和饥饿平民的暴民疯狂行为，看来都不是问题。卢森堡深信"在俄国只是提出了问题。问题不可能在俄国解决"，她动手在德国解决这个问题。在1918年新年前夕，她发表了最后一篇演讲：《在德国共产党成立大会上的演说》。"如果无产阶级作为一个阶级没有实现社会主义，我们就会走向一个共同的毁灭。"[2]

她知道她不久于人世；她没有力量和意志继续生活。1月14日，她最后一篇文章在《红旗》上发表，标题具有讽刺意义：《柏林秩序井然》。她写道：一种秩序的存在如果取决于花样翻新的流血，取决于花样翻新的屠杀，"就必定走向其历史的宿命——

---

1 罗莎·卢森堡，《选集》（华沙：图书与知识出版社，1959），卷2，页268。
2 同上，页483。

消亡"。

罗莎·卢森堡在1919年1月15日惨遭谋杀，遗体被抛进运河。谋杀她的杀手，自由团，不久以后加入了希特勒的突击队。姚吉切斯的命运被封禁在柏林，他拒绝离开这个城市，决心抓住杀人犯绳之以法。两个月后，姚吉切斯遭谋杀。

附件1 历史注解

从一开始，在恢复民族主权问题上，波兰社会主义运动就被分裂。1772年、1785年、1793年三次连续的瓜分的结果是：波兰从欧洲地图上消失，在1918年之前被俄国、普鲁士和奥地利分割和兼并。立陶宛（及其首都维尔诺）在14世纪末与波兰合并，也被划归属俄国，一如波兰的中心部分（首都华沙）。波兰第一个工人党"无产阶级"是瓦棱斯基在接续1830年和1864年两次失败的起义之后于1882年建立的，其原则是无产阶级国际主义。它贬低传统的民族情感，要求工人权利优先和改善工人的处境。民族解放将会随着资本主义制度的垮塌和世界社会主义革命的胜利而到来。波兰社会党（PPS）创建于1892年，置社会主义目标于民族独立之下。约瑟夫·皮乌苏茨基是波兰社会党领导成员之一，其机关报《工人》的创建者，组织并且指挥了波兰军队，为波兰独立而战。1918年波兰宣告独立。

波兰王国社会民主党（SDKP）是《无产阶级》的精神继承者，在1893年建成，创建者是罗莎·卢森堡、莱奥·姚吉切斯、菲利克斯·捷尔任斯基、尤利安·马尔赫莱夫斯基等人。1900年改组为波兰王国和立陶宛社会民主党（SDKPiL）。该党目标是运用马克思的理论，并且在短期内，于整个俄罗斯帝国运用自由宪法，求得波兰的领土自治。这两个政党的不同的目标——马克思主义社会主义和波兰独立——不可调和地分裂了波兰王国和立陶宛社会民主党和波兰社会党。

1918年，波兰王国和立陶宛社会民主党被波兰共产党（KPP）取代。作为一个"挑衅分子"党，该党在斯大林大清洗中惨遭重创，在1942年复活，改名为波兰工人党（PPR），又于1948年与波兰社会党（PPS）合并，组成波兰统一工人党（PZPR），亦即现代波兰的执政党。

附件 2　书信记录

结识初年：1893—1897

1　克拉伦斯，瑞士，1893 年 3 月 21 日
2　巴黎，1894 年 3 月 25 日
3　巴黎，1894 年 4 月 5 日
4　巴黎，1895 年 3 月 21 日
5　巴黎，1895 年 3 月 28 日
6　瑞士，1897 年 7 月 16 日

试探：1898—1900

7　柏林，1898 年 5 月 17 日
8　柏林，1898 年 5 月 28 日
9　柏林，1898 年 5 月 31 日
10　莱格尼查，1898 年 6 月 14 日
11　莱格尼查，1898 年 6 月 15 日
12　柏林，1898 年 6 月 24 日
13　柏林，1898 年 6 月 27 日

14　柏林，1898年7月2日

15　柏林，1898年7月10日

16　柏林，1898年8月22日

17　柏林，1898年9月2日

18　柏林，1898年9月6日

19　柏林，1898年9月10日

20　柏林，1898年9月25日

21　柏林，1898年12月3日

22　柏林，1899年1月22日

23　柏林，1899年3月6日

24　柏林，1899年4月19日

25　柏林，1899年5月27日

26　柏林，1899年6月3日

27　格莱芬贝格，1899年8月2日

28　柏林，1899年9月24日

29　柏林，1899年12月17日

30　柏林，大约1900年1月13日

31　柏林，大约1900年1月22日

32　柏林，1900年3月15日

33　柏林，1900年3月29日

34　柏林，1900年4月24日

35　柏林，1900年4月30日

36　柏林，1900年5月2日

37　柏林，大约1900年5月9日

38　柏林，1900年5月25日

39　柏林，1900年5月31日

40　柏林，1900年6月9日

41　柏林，大约1900年7月3日

42　柏林，1900年7月26日

团聚：1900—1906

43　美因兹，1900年9月21日

44　比得哥什，1901年6月9日

45　拉维奇，1901年6月25日

46　柏林，1902年1月6日

47　柏林，1902年1月20日

48　柏林，1902年1月28日

49　柏林，1902年2月11日

50　柏林，1902年2月21日

51　比得哥什，1903年5月28日

52　皮瓦，1903年5月29日

53　格劳豪，1903年6月10日

54　汉堡，1903年6月24日

55　德累斯顿，1903年9月19日

56　茨维考，1904年9月9日

57　茨维考，1904年9月23日

58　茨维考，1904年10月4日

59　柏林，1905年5月21日

60　柏林，1905年5月26日

61　柏林，1905年9月17日

62 柏林，1905年9月17日

63 柏林/耶拿，1905年9月17日

64 柏林，1905年10月10日

65 柏林，1905年10月18日

66 柏林，1905年10月20日

67 柏林，1905年10月26—27日

68 柏林，1905年11月3日

69 柏林—弗里德瑙，1905年9月25日

70 柏林—弗里德瑙，1905年11月27日

71 柏林—弗里德瑙，1905年11月28日

直至伤逝：1970—1914

72 柏林，1908年6月6日或7日

73 柏林，大约1908年6月12日

74 柏林，1909年4月?

75 柏林，1909年9月?

76 柏林，大约1909年9月15日

77 柏林，大约1909年11月20日

78 柏林，1910年4月末

79 柏林，1910年4月29日

80 柏林，大约1910年7月18日

81 瑞士埃什，1910年8月1日或2日

82 瑞士埃什，1910年8月5日

83 马哥德堡或者柏林，1910年9月23日

84　柏林，大约1910年10月9日

85　柏林，1910年10月11日

86　柏林，1911年2月23日

87　柏林，1911年3月?

88　柏林，1912年3月31日

89　柏林，1912年4月初

90　柏林，1912年7月

91　柏林，1912年8月

92　柏林，1912年10月初

93　柏林，1913年5月28日

94　伦敦，1913年12月14日

95　柏林，1913年?

96　柏林，1913年?

97　柏林，1913年

98　1913年?

99　1913年?

100　1913年?

101　柏林，1914年4月初

102　柏林，1914年6月13日

103　柏林，1914年7月2日

译后记

关于卢森堡,《波兰历史小辞典》(华沙,1959)介绍说:"卢森堡,罗莎(1871—1919):波兰和国际工人运动理论家和主要领导人,经济学家。工人运动史最杰出的女性活动家。波兰王国和立陶宛社会民主党创建者之一,思想家和领袖。德国社会民主党左翼领袖,第二国际左翼代表,1916年'斯巴达克团'创建者之一,1918年德国共产党创建者之一。在多种理论著作中,在农民问题和民族问题上尽管存在某些错误观念,但是发展了社会主义革命理论,在马克思主义和修正主义的斗争中扮演了突出的角色。在柏林遭受反革命分子的暗杀。最重要的著作:《波兰工业的发展》(1898年,德语写作),《资本积累》(1913)。"

罗莎·卢森堡就是这样一位杰出的人士。翻译出版《同志与情人:罗莎·卢森堡致莱奥·姚吉切斯书信》的用意,可以说是向读者展现罗莎·卢森堡这样一位杰出女性个人的思想感情、爱情生活,以及爱情中的喜怒哀乐、各种纠结与期盼。这一切确实与你、我、我们大家没有什么区别。然而，卢森堡的爱情和她的斗争事业紧密相连，或者可以说，感情的基础是事业，即使在感情生变之后，事业依然让他们保持通讯上的联系。卢森堡惨遭暗杀之后，情人莱奥·姚吉切斯为追击凶手而守在柏林，却也遭杀害。在这一意义上，他是忠实于罗莎的。

他们的情事给予我们的启发不言自明。

姚吉切斯（Jogiches）这个姓氏的音译，应该说比译成"约吉希斯"好一些，因为汉字"约"这个字在普通话里，绝大多数情况下读一声"yue"（只有在北京土话里"称重量"可以说成一声"yao"）；第二、第三个字"吉希"因为辅音接近，除非用普通话慢读，否则不容易听清——很遗憾我们大多数人持带有各种方言语音的普通话，而方言的区别多在辅音的区别，在于辅音发音不同。译成"姚吉切斯"最接近该姓氏原来的发音；按波兰语发音，"切斯"可以音译为"海斯"，但不好听。

在我国，研究罗莎·卢森堡的著名学者是程人乾先生（1932—2007），山西大学校长、外国近代史学者、波兰史专家。1954年到1960年在波兰华沙大学求学，1960年夏天回国，同年冬天被分配到山西大学。程人乾先生在山西大学很快成为一位深受欢迎的教师，教学和科研取得优异成就。他在困难的条件下展开对卢森堡的研究，发表了《卢森堡》（商务印书馆，1972年）、《罗莎·卢森堡：生平与思想》（人民出版社，1994年）及其他论文等。

我在学习和工作中，得到程人乾教授多年的支持和帮助。

我1956—1957年在北京外国语大学学习波兰语，1957年秋天转学到山西大学学英语，后来从事英语教学，同时坚持自学波兰语，并且在译事方面取得成绩。虽然本书蓝本是英文译本，但是我的波兰语知识是有不少帮助的，至少人名的汉语音译基本做到"名从主人"，没有被英文语音扭曲（例如："瓦文萨"曾被译成"瓦莱萨"，"兹比格涅夫"被译成"兹比格纽"等）。

衷心感谢花城出版社林贤治先生的鼓励和支持，促成本书的翻译和出版。

杨德友
2014年1月12日　山西大学

附　录　纪念杨德友先生

《同志与情人》这本书出版前，出版社把校样寄给我，让我过目。这让我不禁想起译者杨德友先生，想到他未能看到此书的出版，心中不免难过。

我与杨先生缘悭一面，在他生前，彼此唯靠电话联络。最早通话，回想起来，当始于《寒星下的布拉格》一书的翻译。

《寒星下的布拉格》是捷克犹太女作家、翻译家海达·科瓦莉的回忆录。作者一度关押于奥斯威辛集中营，书中记叙了她先后在纳粹和苏联的极权主义统治下的布拉格生活。《英国电讯报》称此书"是整整一代人的历史肖像，不仅仅是捷克，而是整个东欧"。我托朋友在美国寻得此书，买下版权，同时联系译事。当译稿完成之后，广西师大出版社的编辑方与我联系，谓早前已约请杨德友先生翻译，问是否可用杨译？然而木已成舟，只好谢绝。

不意，某日忽然接到杨先生从山西打来的电话。一个温和的略带沙哑的声音。他一边轻笑着说话，连声称赞海达的回忆录，祝贺它能在中国出版。他早知道我无法采用他的译稿，电话里只是请求我，容他把稿子寄过来，让我对照校读，或可从中减少一些错误，使书稿更臻完善。意思很明白，无非希望他的翻译有一点实际上的用处罢了。这哪里算得是请求？分明是一种赏赐！当时，我顿然感到电话那端的老头儿特别可敬，而且可爱！

《寒星下的布拉格》是我取的书名，杨先生直译为《悲星之下：布拉格生活》。编辑过程中，我多次把杨先生的译法转告译者，大多能得到译者的认同。前前后后，确实改正了手头译本的几处错译，还有其他一些不准确和不顺畅的地方。书出来后，很遗憾不曾建议译者写个后记之类，记下杨先生为本书所付出的劳动，感谢他无私的奉献。原想借再版的机会对此作出弥补。无奈，书卖到中途就不能再卖了。这是一个错误，这种忽略原本是不应该发生的。

过了不久，我看到一条海外的书讯，说有一本卢森堡给她的情人莱奥·姚吉切斯的书信集，20世纪70年代在纽约出版。卢森堡是我景仰的革命家，读过她的文集和各种传记，编辑出版过她在斯大林时代被列为禁书的《论俄国革命》，还有《狱中书简》。得知她有这样一部"情书"，非常兴奋，立刻让美国的朋友买下寄了过来。

拿到原书之后，首先想到杨先生，便径直给他挂电话，请他翻译。他爽快地答应了，说手头还压着几部待译的书，但愿意给卢森堡让路。还告诉我说，著名的卢森堡研究专家程人乾先生是他所在的山西大学的校长，生前经常和他谈说卢森堡，因此印象深刻。书寄出之后，大约过了几个月，译稿已经来到了我的桌面上。

我通读了全稿，译得很有神采。在一些有疑问的地方，我划出记号，注上文字之后寄还杨先生，请他再梳理修饰一过。杨先生实在是一个热情又谦和的人，定稿时发现，许多地方都接受了我这个门外汉的意见，重新修改过了。

我将《同志与情人》，连同原先编就的《狱中书简》，作为姐妹书，交由当地一家出版社出版。集中了两个带自叙性文本，本意在突出卢森堡热爱自由和富于情感、充满人道主义的一面，力求呈现"嗜血的罗莎"作为一个革命者亦刚亦柔、水火兼容的完整性形象。阅读卢森堡，我相信，将有助于揭开20世纪末鸦噪一时的"告别革命论"对历史真实性的遮蔽，纠正长久以来对革命和革命者的一种建基于唯暴力论的传统的误判。后来，出于某种可理解的原因，两书出版的事中途被搁置了下来。

杨先生曾经询及译稿的情况，我做了解释，从此不复过问，直至去世。我感觉，杨先生对我是信任的。信任是一种负担，令我想起鲁迅在白莽《孩儿塔》序文中的比喻，说存放亡友的遗文，就像手里捏着一团火，企图给予流布。杨先生的遗稿，于我也有着同样的焦灼之感，何况里面还真藏着一颗灼热的灵魂呢！

我把卢森堡的两部译稿交给上海的一位朋友，曾为我的著作做过责任编辑的周向荣女士。她离职后，把稿子转给商务印书馆的龚琬洁女士，同时告诉我，龚女士正好是一位喜欢卢森堡的人。从纽约到广州，到西安，到上海，然后到北京，卢森堡在纸上辗转了这么多个城市，总算找到一个落脚的地方。

日前，我找出一本《怀旧的未来》来读，赫然见到杨德友的名字。书买了许久，到手时瞥了一下便塞进了书堆，顾不上作者和译者。原以为是一部闲书，实际上是一部独特的文化史著。这部书提醒我，杨先生定然译过不少为我所未见的书。在网络上查看，这个杨德友和别的杨德友混在一起，在众多照片中，他的似乎只有一张。介绍说他是1938年生人，20世纪80年代以后在美国多所大学作访问学者，曾被波兰驻华大使馆授予"传播波兰文化波兰外交部长奖"，译著约三十种。此外，不见有评论的文字。我找到杨先生的外甥女，香港城市大学教授魏时煜女士，问及杨先生情况。她随即发来多份资料，其实是一份扩大了的书单，外加当地报纸的介绍，以及杨先生本人的自述，统共不足三千字。这就是杨先生的个人史的全部。

杨先生的翻译成就，与他在知识界的声名相比，显然极不相称，这使我感到惊异。统计一下，我购得杨先生的译著共有十余种，《未来千年文学备忘录》在文界颇流行，其他像《理解俄国：俄国文化中的圣愚》《帝国意识：俄国文学与殖民主义》《托尔斯泰与陀思妥耶夫斯基》《梅列日科夫斯基与白银时代》《未完的对话》等，关于知识分子与自由，政权、制度、意识形态与文学的生成，民族主义、民粹主义的凝集现象及其强制性、腐蚀性影响，所论都极富于启发的意义。杨先生所译，遍及文化、文学、宗教、哲学、历史学、心理学、教育学诸多领域，涉及英、俄、波兰等多个语种，除了学术论著，小说、诗歌、传记，乃至书信集、歌曲集都有译本，各有匀称漂亮的体态。一边译理论，一边译诗，当是何等的左支右绌，在杨先生这里却是得心应手。如此广泛而不失精到的翻译，国内几人可以做到？仅三十种译著数目，体量之大，在翻译家中也是罕有的。然而，当人们谈论读书，谈论文化的时候，竟未曾听到有人说起杨德友！

我很感慨，和魏时煜女士谈起来。她说，她的舅舅生于北京，满汉混血，从中学时代就兴趣广泛。1956年时，考进北京外国语大学波捷语系，适逢中波友好，学了波兰语。当时北京有不少学生被打成"右派"，其中，北大的林昭就是由"反右"积极分子转而同情"右派"，终至划为"右派"的。据说运动规定低年级生不"戴帽"，杨先生正好念一年级，虽然"同情右派"，但幸得宽大处理，1957年被转学至山西师范，在那里完成学业后留校任教。山西师范后来变成山西大学，他在那里退休。然而，魏女士说，批语中"不许返京"这四个字却令舅舅耿耿于怀。他热爱北京，把他从故土流放至文化荒凉之地，可让他在内心里不服了整整一生。

我发现，杨先生的几十部译著，还有许多译文，都是在文革后爆发般地集中发表的，令我想起司马迁《报任安书》中关于"发愤"著述的话："此人皆意有所郁结，不得通其道，故述往事，思来者。"杨先生所译，以文化著述为多，尤其是俄国文化，俄国知识分子的思想与文学。其中的自由、苦难、乡土感、人民性，在老一代知识分子中是有影响的。在译博罗夫斯基的《石头世界》时，杨先生自白说，翻译这位波兰作家小说的过程，就是他长达几个月"梦魇连绵、睡眠不安的日子"。"为了哀悼几百万无辜的亡灵"，他说，他愿意"在精神上勉为其难地陪伴他们"。他译密凯维奇、米沃什、申博尔斯卡，他人酒杯里的那些激愤的、忧伤的诗句，想必要使他微醺的了。

与其说，翻译是杨先生的一种生活方式，无宁说是生活本身。说到杨先生，魏时煜女士在信中强调指出，一直没有能回到北京工作，身边缺少可以平等对话的行家，是他一生的遗憾。她认为，舅舅不停地译书，也是一种和伟大作家、伟大灵魂们的对话。这一点她本人和舅舅的姐妹们都很了解。于是我想，杨先生一定把翻译当成重现的家园，从中建造、耕耘、种植，通过日夜不停歇的劳动，借以驱除内心寂寞的罢！

寂寞养育了一个人的灵魂和文字，这个人，连同他的文字是我所信任的。寂寞是噬人的事，没有人甘受如此西西弗斯式的自我折磨，尤其对现时代的知识精英而言。

林贤治
2020年4月27日

图书在版编目（CIP）数据

同志与情人: 罗莎·卢森堡致莱奥·姚吉切斯书信 /（德）罗莎·卢森堡著；杨德友译. — 北京：商务印书馆，2020
ISBN 978 - 7 - 100 - 18459 - 5

Ⅰ.①同… Ⅱ.①罗… ②杨… Ⅲ.①书信集 — 德国 — 现代 Ⅳ.①I516.65

中国版本图书馆 CIP 数据核字（2020）第079752号

权利保留，侵权必究。

同 志 与 情 人
罗莎·卢森堡致莱奥·姚吉切斯书信

〔德〕罗莎·卢森堡 著
杨德友 译

商 务 印 书 馆 出 版
（北京王府井大街36号 邮政编码 100710）
商 务 印 书 馆 发 行
山西人民印刷有限责任公司印刷
ISBN 978 - 7 - 100 - 18459 - 5

2020年9月第1版　　　　开本 787×1092　1/32
2020年9月第1次印刷　　印张 9¾
定价：60.00元